www.tredition.de

Urs Aebersold

* 1944 in Oberburg / CH

1963 Abitur in Biel/Bienne (CH)

1964 Schauspielschule in Paris, Kurzspielfilm "S"

Studium an der Universität Bern

Weitere Kurzspielfilme. "Promenade en Hiver",

"Umleitung", "Wir sterben vor"

1967-70 Studium an der HFF München

1974 Erster Kinospielfilm DIE FABRIKANTEN

als Co-Autor, Co-Produzent und Regisseur

Diverse Drehbücher für "Tatort"

Ab 2016 erste Buchveröffentlichungen

VERZAUBERT / NOVEMBERSCHNEE / DAS BLOCKHAUS - Drei Erzählungen

JULIA / AM ENDE EINES TAGES / DUNKEL IST DIE NACHT - Drei Erzählungen

NUITS BLANCHES - Roman

DER BAUCH MEINER SCHWESTER / EIN PER-FEKTES PAAR / DIESES JÄHE VERSTUMMEN - Drei Erzählungen

BLUT WIRD FLIESSEN - Psychothriller
TÖDLICHE ERINNERUNG – Psychothriller
DER LETZTE BUS - Psychothriller

DAZED & DAZZLED

Roman

Urs Aebersold

© 2018 Urs Aebersold

Coverfoto: Urs Aebersold

Verlag: tredition GmbH, Hamburg

ISBN

Paperback: 978-3-7482-3012-0

Hardcover: 978-3-7482-3013-7

e-Book: 978-3-7482-3014-4

Printed in Germany

DAZED & DAZZLED

Alle nennen mich Zeff, und ich habe viele Talente, doch das größte besteht zweifellos darin, unglücklich zu sein. Dabei erfülle ich alle Voraussetzungen für ein unbeschwertes Leben. Ich stamme aus einer guten Familie, bin groß, klug, schlank und von einem jungenhaft struppigen Blond, sodaß nicht wenige Frauen jeden Alters, aber auch Männer bei meinem Anblick spontan in Versuchung geraten, mir mein widerspenstiges Haar glattzustreichen. Doch ich leide unter dem verhängnisvollen Zwang, die Dinge wie unter einem Brennglas zu betrachten, verstärkt durch meinen Hang zur Melancholie, die ich von meiner Mutter erbte. Während die Menschen um mich herum in heiterer Ignoranz in den Tag hineinleben und die im Sekundentakt anbrandenden Katastrophenmeldungen aus allen Herren Ländern mit beneidenswerter Indolenz an sich abtropfen lassen oder sie in endlosen Debatten zerreden, ohne sich zu fragen, wie lange die Erde die Anmaßung des Menschen, der sich in seinem Größenwahn selbst die Krone der Schöpfung aufsetzte, noch verkraften kann, seinen Irrglauben an die Maschinen und seine Habgier, mit der er seinen Heimatplaneten bis zur Selbstauslöschung zerstört. Kommt es daher, daß er das Wissen um seine Endlichkeit nicht erträgt, das wie eine schwärende Wunde seine Seele zerfrißt? Betäubt er sich deshalb mit Drogen und jagt wie ein Verdurstender dem Phantom der Liebe hinterher, eine wahrhaft geniale Erfindung der Natur, um die Fortpflanzung zu garantieren? All das zerrt auch an mir, dennoch oder vielleicht gerade deshalb treibt mich etwas um, eine Sehnsucht, eine Hoffnung, die ich nicht zu benennen vermag.

1

Das alte Herrenhaus in ländlichem Jugendstil stand am Ende des Dorfes, gegenüber der Eisengießerei, die zum Besitz dazugehörte. Parallel zur Hauptstraße floß ein fischreicher Bach, der in früheren Zeiten mittels eines Wasserrads den Schmiedehammer antrieb. Nach hinten erstreckten sich Felder und Wiesen, jenseits des Bahndamms wälzte sich die Emme in ihrem weißschimmernden Kiesbett träge, aber unaufhaltsam durch einen dichtbewachsenen Wald.

Es war ein Oktobertag kurz vor Ende des Krieges, die Kühe wurden tagsüber noch auf die Weide getrieben, vereinzelt brannten noch Kartoffelfeuer, als eine der Töchter, die mit ihrem Mann das Hochparterre bewohnte, bei anbrechender Morgendämmerung mit Hilfe einer erfahrenen Hebamme von dem kleinen Zeff entbunden wurde. Die Freude darüber, daß es nach vielen Jahren des Bangens ein Junge wurde, war groß, denn auch wenn er mit der Leitung der Fabrik nichts zu tun haben würde, war das Stammhalterdenken zu jener Zeit noch tief verwurzelt. *Was für ein Schock, aus dem Dämmerschlaf meines warmen, geschützten Amphibiendaseins jäh in dieses riesige, milchig schimmernde, im Halbdunkel liegende Zimmer geschleudert zu werden! Hände greifen nach mir und besänftigen meine aufsteigende Panik, doch erst jetzt begreife ich, daß man mich aus dem Bauch eines dieser Geschöpfe herausgezerrt hat, die mich umgeben, und augenblicklich ergreift mich eine tiefe Sehnsucht nach meinem bisherigen schwerelosen Schwebezustand, der mir keine Verantwortung aufbürdete und keine Entscheidungen abverlangte.*

Die Tage vergingen, ein strenger Winter kam, dann war wieder Frühling, Sommer Herbst. Zeff wurde umhegt und gepflegt, dennoch fing er bisweilen plötzlich zu weinen an, nicht fordernd, von Hunger getrieben oder weil ihn Blähungen quälten, sondern still und leise, scheinbar ohne Grund. Es dauerte nie lange, doch hinterher lag er reglos und erschöpft da, als habe ihn offenen Auges ein Alptraum heimgesucht. *Verwirrend und angsteinflößend diese Tage in der neuen Welt, hilflos ausgeliefert diesen großen, merkwürdigen Kreaturen, die sich forschend über mich beugen und seltsame Laute von sich geben. Eines dieser Wesen – offenbar dasjenige, das mich in die Welt hinausbeförderte - nährt mich und hüllt mich in warme Kleidung, als wollte es damit sein schlechtes Gewissen besänftigen. Bin ich einer von ihnen? Wie wird es weitergehen? Besonders dieser Wechsel von Hell und Dunkel beunruhigt mich, nie bin ich sicher, ob das Licht wiederkommt. Alles zieht sich in mir zusammen, und aus meinen Augen tropft Flüssigkeit.*

Die ländliche Idylle mit dem kraftvollen, aber launischen Frühling, dem windstillen, brennendheißen Sommer mit den ewigen Kuhglocken und den Bremsen, die um das Vieh herum schwirrten und auch den Menschen zusetzten, dem melancholischen, nebelverhangenen, von Kartoffelfeuern durchzogenen Herbst und dem stillen, zum Grübeln verführenden Winter endete für Zeff nach drei Jahren, als sich sein Vater beruflich in einen Ort im Mittelland veränderte und mit seiner Familie am Jurasüdfuß, mit Blick auf die Stadt und den See, ein komfortables, bungalowartiges Haus bezog, das nach eigenen Vorstellungen erbaut worden war.

2

Die Pläne für das Haus hatte ein befreundeter Architekt entworfen. Im Gegensatz zu den würfelförmigen, meist zweistöckigen Häusern in der Nachbarschaft war der Bungalow langgestreckt und eingeschossig, die Außenmauern wurden zusätzlich mit Holz verkleidet. Rechts vom Eingang schloß ein niedriger Zaun aus gekreuzten Holzpfählen den Vorgarten zur Straße hin ab, die zur linken Seite nach gut hundert Metern als Sackgasse endete und die letzte unterhalb des Waldes war, links vom Eingang schützte die Mauer eines nach Süden offenen Gartenhauses, das in eine Rasenfläche mit Planschbecken überging, vor neugierigen Blicken.

Es dauerte lange, bis das Haus bezogen werden konnte, auch wenn vieles aus der früheren Wohnung mitgenommen wurde - alte Nußbaumkommoden, Schränke, Stühle, Sessel und Tische - denn es mußte ja vollständig möbliert werden: Die Küche, das Bad und die Toilette zur Straße hin, das Wohnzimmer mit dem ausgreifenden, ovalen Balkon davor, das Arbeitszimmer des Vaters, das Kinderzimmer und das Schlafzimmer der Eltern, verbunden mit einem schmalen Balkon, alle nach Süden gerichtet. Im Keller zwei weitere Zimmer, die infolge der steilen Hanglage ganz normale Fenster hatten. Von der Waschküche daneben und dem Kellergang führte je eine Tür ins Freie unter den Wohnzimmerbalkon, wo zwischen Wäschestangen der Boden asphaltiert worden war, der weiter unten in einen großen Garten überging. Zur Straßenseite des Kellers, mit kleinen Lichtschächten an der Decke, befanden sich Verschläge zur Aufbewahrung von Lebensmitteln und für die Gartengeräte, der Heizungsraum mit dem Ölbrenner, in dem ein Sägebock und ein Tisch mit einem Schraubstock stand, dazu eine Kiste mit Werkzeugen, mithilfe derer man alle möglichen Reparaturen ausführen konnte, ein nicht betoniertes Erdloch unterhalb des Wohnzimmers für den Öltank und ein weiterer Abstellraum, in dem im Lauf der Zeit so ziemlich alles landete, was kaputt war oder mit dem man nichts mehr anzufangen wußte.

Zeff blieb solange in dem alten Haus auf dem Land und wurde von der Großmutter und einem Kindermädchen beaufsichtigt, wenn seine Eltern sich wieder mal um den Neubau kümmern mußten, von deren Sorgen und Kümmernisse er nichts mitbekam. *An den Umzug kann ich mich nicht erinnern, nur daß sich gegen Norden hin, gleich hinter den Häusern auf der anderen Straßenseite, dunkel und drohend ein Wald wie eine Wand erhebt, der sich steil und unwegsam bis zu den hügeligen Bergkämmen des Jura hochwindet. Auf der Straßenseite vor unserem Haus wachsen Goldregen, Stachelbeeren und anderes Gesträuch, auf dem Rasen vor dem Gartenhaus ist ein Planschbecken eingelassen, in das ich im Sommer immer eingetaucht werde, ob mir das nun gefällt oder nicht. Der Garten unterhalb des Hauses, der stark abfällt, besteht aus einer kleinen Wiese mit Obstbäumen, drei Reihen Himbeeren an Drahtspalieren, daneben Gemüsebeete und neben dem Kompost ein Holunderbaum, unter dem Rhabarber wuchert. Am großen Wohnzimmerbalkon sind unten Eisenstangen mit Haken festgemacht, an denen immer montags die Wäsche flattert. Warum ich das alles so genau beschreibe? Die drei Jahre, die wir jetzt hier wohnen - die Frau, die sich um mich kümmert und offenbar meine Mutter ist, der Mann, mein Erzeuger, der sich meinen Vater nennt -, verbringe ich in einem Schwebezustand, der sich nur schwer beschreiben läßt. Mein Leben folgt ganz dem Tagesablauf und dem Rhythmus meiner*

Mutter, die im Haus und im Garten alles macht, was nötig ist, die einkauft, kocht und wäscht, mich füttert und dafür sorgt, daß ich stets sauber und angemessen gekleidet bin, und den Mann, der mein Vater ist, betreut, wenn er müde von der Arbeit nach Hause kommt. Es ist ein Zustand wie in Trance, ein schwacher Abglanz meines Amphibiendaseins im Bauch meiner Mutter, wie eine Blume, die sich morgens öffnet und abends wieder schließt, ein vegetatives Dahindämmern ohne Anspruch und Pflichten, das mich allmählich damit versöhnt, so abrupt in diese Welt katapultiert worden zu sein, die mir immer noch grell und unverständlich erscheint. Doch auch diese Idylle nimmt ein Ende, denn wieder werde ich hinausgescheucht aus dem abgeschirmten Kreislauf meines Lebens an einen Ort, der sich Schule nennt. Meine Eltern machen ein großes Getue darum - werde ich dort endlich erfahren, woher ich komme und was ich hier mache?

3

Der Schulweg war eine einzige Herausforderung. Er führte in gewundenem Bogen zu dem großen Platz hinunter, wo von oben und unten jeweils zwei Straßen einmündeten und der Konsumladen stand, in der Zeffs Mutter das Nötigste für den Haushalt einkaufte. Von da aus ging es eine lange, steile Treppe zur Alpenstraße hinab, unter der das Bahngleis verlief, an einem modrigen Holzzaun entlang, hinter dem zwischen alten, hohen Bäumen wie verwunschen ein Schlößchen lag, von dem nur ein spitzer Turm hervorlugte, dann noch ein paar Treppen an der französisch-protestantischen Kirche vorbei bis ins Pasquart, wo unter dichten Bäumen der Stadtbach leise murmelnd dem See zu floß. Dort war es eben und nicht mehr weit bis zum Schulhaus. *Die Zeit in der Primarschule ist für mich wie in Nebel gehüllt. Man lernt Lesen, Schreiben und Rechnen und wird mit einer humorlosen Strenge behandelt, als ob man dauernd nur damit beschäftigt sei, sich irgendwelchen Unfug auszudenken. Zu meiner Verwunderung kommt die Sprache nie darauf, wo wir herkommen und was wir hier machen, es ist viel die Rede von einem Wesen, das alles erschaffen hat, über alles Bescheid weiß und über uns wacht, aber das halte ich für eine Behauptung, weil die Lehrerin es nicht besser weiß, sie bekommt dann immer so einen schmalen Mund, und ihre Augen wandern unstet von einem zu anderen. Die größte Enttäuschung sind jedoch meine Mitschüler, die scheinbar alles gleichgültig über sich ergehen und das, was sie nicht interessiert, einfach an sich abtropfen lassen. Da freue ich mich richtig auf den Nachhauseweg, selbst wenn ich die steilen Treppen zweimal am Tag bewältigen muß, wenn ich nachmittags auch Unterricht habe. Es ist irgendwie erheiternd, aber auch unwirklich zu sehen, wie all die Menschen durcheinanderlaufen, Fahrräder klingeln, Autos quietschend bremsen und hupen oder Hunde völlig unbeeindruckt von all dem Trubel lässig ihr Bein heben an einem knorrigen Baum. Ich erwarte dann immer, daß plötzlich irgendetwas Schreckliches diesen Frieden durchbricht, doch die Tage kommen und gehen, und meine Befürchtungen sind umsonst.*

Zu den Annehmlichkeiten, die den Alltag der Bewohner erleichterten, die wie wir so weit weg von der Stadt wohnten, gehörte zweifellos, daß es einen Milchmann gab, der täglich frische Milch lieferte, die in großen stählernen Kannen auf seinem Elektrokarren festgezurrt waren. Alle Häuser, die diesen Dienst in Anspruch nahmen, hatten neben der Haustür eine metallene, mit einem Vierkant aufschließbare Klappe, an welcher der Briefkasten befestigt war. Dahinter befand sich eine von innen abschließbar Abstellfläche, die groß genug war für ein paar Krüge, die der Milchmann je nach den Bestellungen, die auf den beigelegten Zetteln vermerkt waren, befüllen konnte. Man mußte also nicht zu Hause sein, um täglich frische Milch zu bekommen, man durfte nur nicht vergessen, die Krüge mit der Mengenangabe bereitzustellen. *Wie oft beobachte ich durch das Flurfenster, wie der Milchmann, entspannt vorne auf seinem Gefährt sitzend, das er mit einer Hand steuert, während die andere den angestrengt sirrenden Elektromotor bedient, vor unserem Haus stehenbleibt, die Handbremse zieht, den Vierkant hervorholt, gemächlich auf unsere Haustür zugeht, die Klappe öffnet, den Zettel studiert, unsere Krüge zu seinem Gefährt trägt und sie in aller Ruhe mit einer großen Metallkelle füllt. Wenn meine Mutter zufällig gerade in der Nähe ist, geht sie manchmal hinaus und wechselt ein paar Worte mit ihm, oder er klingelt, weil er die Schrift nicht entziffern kann, oder denkt, wir haben die Bestellung vergessen, wenn wir für einmal keine Milch brauchen. Es ist nicht die Ungeduld, endlich frische Milch trinken zu können, die mich ans Fenster treibt, wenn ich den Milchmann höre, es ist die unendlich ruhige Art seiner Bewegungen, die mich fasziniert, er hat keine Eile, alles ist an seinem Platz und hat seine Richtigkeit, es ist, als sei er ein Teil der Natur.*

Während sich Zeff Morgen für Morgen auf das Erscheinen des Milchmanns freute, ängstigte ihn jedes Mal der Anblick des Briefträgers, wie er in seiner dunkelblauen Uniform und der soldatischen Schirmmütze sein Fahrrad mit der mächtigen Ledertasche hinter sich auf dem Gepäckträger die steile Straße empor schob, bevor sie auf der Höhe unseres Nachbarn etwas flacher verlief. Er war ein stämmiger Mann um die fünfzig, trug eine dicke schwarze Hornbrille und hatte im Sommer ein rotes, verschwitztes Gesicht, das er sich mit einem rotweißkarierten Taschentuch ununterbrochen abwischte. Bei Regen warf er sich eine Pelerine über, unter der er völlig verschwand, und im Winter konnte er sich in seinem dicken Mantel kaum bewegen. *Wie erträgt man jeden Tag klaglos diese Tortur? Können ihn der Respekt der Leute, denen er die Post bringt, und hie und da ein freundliches Worte mit seiner schweren Arbeit versöhnen? Sein Rücken ist immer gerade, und in seinen Augen leuchtet trotz der Anstrengung stets ein Anflug von Stolz.*

Der Heizungsraum im Keller mit all den Werkzeugen, dem Schraubstock, der Hobelbank und dem Sägegestell wurde schon bald zu einem Lieblingsort von Zeff, besonders wenn in der kalten Jahreszeit der gedrungene, schwarz lackierte Ölbrenner an war, der mit tiefem, gleichmäßigem Brummen eine sanfte Wärme ausströmte und, weil er unter der Erde verborgen war, auf geheimnisvolle Weise den Eindruck erweckte, als sorge er mit seinem glühendheißen Feuer für den Antrieb der Welt. *Wenn ich durch den Flur gehe, verschmilzt für mich das leise, beruhigende Summen, das bis hier oben zu hören ist, und der Anblick des aufgetürmten Schnees draußen untrennbar zu meiner Erinnerung an den Winter. Lange hielt ich dieses hohe Summen für das Geräusch des Winters selbst, bis mir klar wurde, woher es kam. Vielleicht zieht es mich deswegen immer wieder in den Heizungsraum, aber auch wegen des Geruchs von Holz und Leim, der wohligen Wärme im Winter und all den Werkzeugen, die ich hier eines nach dem anderen völlig ungestört ausprobieren kann. Ich säge schiefe Bretter auseinander, nagle sie zusammen und entferne anschließend mit Zangen die Nägel wieder aus dem Holz. Sobald mir die Werkzeuge vertraut sind, werde ich anfangen, etwas Sinnvolles zu bauen.*

Immer wieder zeigten sich kleine Propellerflugzeuge am Himmel, die vom nahen Flugplatz aufgestiegen waren. Zeff hätte ihnen von der Terrasse aus stundenlang zuschauen können, wie sie träge ihre Schleifen flogen und kühn, mit aufheulendem Motor, hin und wieder sogar einen Looping wagten, doch noch lieber sah er den Segelfliegern zu, die sich auch manchmal blicken ließen, wie sie, majestätisch dahingleitend, wie die großen Rabenvögel sich scheinbar ewig in der Luft halten konnten. *Dieses tonlose Gleiten und Schweben, diese absolute Freiheit von allen Zwängen erinnert mich an meinen Urzustand, und in einem Augenblick äußerster Euphorie fasse ich den Entschluß, es diesen Fliegern gleichzutun.* Aufmerksam studierte er den Bau dieser eleganten Flugkörper, die breiten, leicht gewellten Tragflächen, den schmalen Leib und die kurzen Stummelflossen am Ende des Rumpfes und ging heimlich, ohne jemandem ein Wort zu sagen, in den Keller, wo er tagelang aus Brettern ein Flugzeug zusammenbaute, das in seinem Augen die gleiche Magie ausstrahlte wie die fernen Vorbilder. Er wartete ab, daß niemand von seiner Familie in der Nähe war, verließ den Keller und stellte sich unter der Terrasse, wo die Wäscheleinen hingen, an den schmalen, etwa anderthalb Meter breiten Abhang, an dem Erdbeeren wuchsen und der unten zur Wiese und zum Garten hin mit einer kleinen Mauer begrenzt war. Er klemmte sich seinen Flieger zwischen die Beine, überlegte, wie er am besten den Obstbäumen auswich, die verstreut auf der Wiese standen, atmete tief ein und wagte den Sprung. *Bevor ich auch nur einen Gedanken fassen kann, lande ich hart und mich überschlagend knapp unterhalb der Mauer. Der große Flügel und der Rumpf meines Flugzeugs sind zerbrochen, und an meinem Steißbein spüre ich einen heftigen Schmerz, ansonsten scheine ich unverletzt. Minutenlang sitze ich da und kann nicht fassen, was mir zugestoßen ist, offenbar braucht es mehr als reine Willenskraft, um sich mit einem Fluggerät in die Lüfte zu schwingen. Ich nehme mir vor, irgendwann meine Eltern zu fragen, aber erst dann, wenn keine Gefahr mehr besteht, daß sie hinter meiner Frage mein mißlungenes Experiment vermuten. Deshalb reiße ich mein Flugzeug auseinander, entferne die Nägel und stecke die Überreste in einen Holzstapel, der voll ist mit solchem Gerümpel.*

Als die Lehrerin in der Schule von Wilhelm Tell erzählte, der auf Geheiß des Tyrannen mit seiner Armbrust einen Apfel vom Kopf seines Sohnes schiessen sollte und diese grausame Prüfung heldenhaft bestand, wußte er, daß er als nächstes eine Armbrust basteln würde. Aus einem abgebrochenen Tischbein feilte und hobelte er die Mittelsäule, hinten mit einer Rundung, damit sie sich gut an die Schulter schmiegte, schabte eine tiefe Rinne für die Bolzen aus und schraubte nach mühsamem Bohren durch das massive Holz aus verschiedenen Metallteilen eine Rückhalte- und Abzugsvorrichtung für die Sehne zusammen. In einer Spenglerei schenkte man ihm einen kräftigen Draht, und jetzt fehlte ihm nur noch das Entscheidende: Der Bogen.

Da Zeff zu stolz war, seine Eltern um Hilfe zu bitten, brach er irgendwo auf dem Heimweg von der Schule einen dicken Ast von einem Haselnußstrauch ab, weil er gehört hatte, daß dieses Holz besonders elastisch sei, sägte ihn zurecht und fixierte ihn vorne an der Mittelsäule mit dicken Nägeln. An den Enden befestigte er den Draht, spannte den Abzug und zog die Sehne mit aller Kraft nach hinten. Der Ast ließ sich nur mühsam biegen, und bevor Zeff den Draht hinter dem Abzugsbügel arretieren konnte, brach er mit einem häßlichen Krachen, als ob ein Knochen splitterte, mitten entzwei. *Der Schock sitzt tief. Weiß und anklagend ragen die zerfetzten Fasern aus dem aufgeplatzten Holz, und der Eisendraht hängt schlaff herunter. Konnte ich wirklich nicht voraussehen, daß der Haselnußbogen brechen würde, wenn man ihn mit Nägeln durchbohrte? Ich hatte im Gegenteil angenommen, daß sie den Ast stabilisieren würden. Jetzt sitze ich da, starre fassungslos und beschämt auf mein mißlungenes Werk, und mit tiefer Beschämung fällt mir wieder der Tag ein, als ich mit meinem aus Brettern zusammengezimmerten Flugzeug in die Tiefe sprang, im festen Glauben, mich wie ein Vogel in die Lüfte schwingen zu können.*

Noch war Zeff nicht so weit, über Wunsch und Wirklichkeit nachzudenken, noch waren er und die Welt eins, doch die beiden schmerzhaften Erfahrungen dämpften etwas seine kindlichen Allmachtphantasien, der Zweifel, die Verunsicherung hatten sich kaum merklich in sein Leben geschlichen. Dessen ungeachtet war seine Begeisterung für das Hobeln, Feilen und Sägen ungebrochen, und als er im Pasquart einen Jungen auf dessen Trotinette dahinrollen sah, packte ihn der Ehrgeiz, selbst eins zu bauen. Auf die Idee, seine Eltern zu fragen, ob sie ihm eins schenken würden, kam er gar nicht erst. Ein Brett für das Standbein war rasch gefunden, ebenso zwei Räder eines ausgedienten Kinderwagens. Für das hintere Rad sägte er hinten am Brett eine Öffnung aus, bohrte waagrecht ein Loch für die Achse, montierte vorne eine dreieckige Stütze, an der die Lenkstange mit dem Führungsrad befestigt werden sollte, und sah sich auf einmal mit dem Problem konfrontiert, daß er nicht an das Scharnier gedacht hatte, das er für die Lenkung brauchte.

Diesmal weihte er seine Eltern in seine Pläne ein, die sein Vorhaben zwar mit Verwunderung zur Kenntnis nahmen, ihn aber nicht entmutigten. Seine Mutter hatte sogar eine gute Idee.

"Deine Tante Lena kommt demnächst zu Besuch, sie bringt einen Verehrer mit, der hat einen Handwerksbetrieb... frag' ihn doch mal..."

Zeff konnte den Tag kaum erwarten, und als seine Tante und ihr Verehrer, der Marcel Holzer hieß, endlich mit seinen Eltern zusammen beim Essen saßen, mußte er sich sehr beherrschen, nicht einfach in das Gespräch hineinzuplatzen, doch seine Mutter erinnerte sich noch an seinen Wunsch.

"Hören Sie, Herr Holzer..."

"Sagen Sie doch bitte Marcel zu mir..."

"Also, Marcel... unser Zeff hat eine Bitte, aber das soll er doch selber sagen..."

Zeff, überrumpelt, kam ins Stottern, fing sich dann wieder und versuchte sein Anliegen zu erklären, jedenfalls schien Marcel zu verstehen.

"Also du brauchst ein Scharnier für den Lenker deines Trotinettes... kannst du es mir mal zeigen?"

Zeff holte es aus dem Keller, obschon er sich für die primitive Bauweise schämte. Marcel war total begeistert, aber vielleicht tat er auch nur so, um der Tante zu gefallen.

"Sowas habe ich noch nie gesehen... und das in deinem Alter..."

Marcel nahm Maß mit seiner Hand, um die ungefähre Größe des Scharniers abzuschätzen.

"Kein Problem... in dieser Stärke gibt es viele... ich bringe dir ein paar passende mit..."

Tage vergingen, dann Wochen, doch Zeff hörte nie mehr etwas von diesem Mann, von dem er sich so viel versprochen hatte, das Trotinette blieb unvollendet. Daß seine Tante die Beziehung inzwischen auf Eis gelegt hatte, hielt man nicht für nötig, ihm mitzuteilen. *Immer wieder frage ich meine Eltern nach diesem Mann, bis sie es nicht mehr hören können. Für sie scheint es ganz normal zu sein, daß man etwas verspricht und dann einfach nicht mehr daran denkt. Es geht mir nicht um mein Trotinette, das hätte möglicherweise ohnehin bald seinen Geist aufgegeben, sondern darum, daß dir ein Mensch lachend in die Augen schaut und dir seine Hilfe anbietet, sodaß du denkst, er hat dich wahrgenommen und achtet dich, um dann ohne weitere Erklärung einfach aus deinem Leben zu verschwinden. Ich ertappe mich dabei, wie ich seither immer öfter mit gerunzelter Stirn die großen Menschenwesen beäuge, die mit scheinbar freundlicher Miene auf mich einreden und ungehalten reagieren, wenn sie meine in ihren Augen unangebrachte Zurückhaltung registrieren. Überhaupt fällt mir auf, daß die meisten ausgewachsenen Menschenwesen sehr unruhig sind, als fühlten sie sich nicht wohl in ihrer Haut oder als seien sie vor etwas auf der Hut. Immer paßt irgendetwas nicht, und sie wünschen sich tausend Dinge, die ihnen das Leben erleichtern.*

Für die Herbstferien war ausgemacht, daß Zeff wieder einmal ein paar Tage bei seiner Großmutter mütterlicherseits auf dem Land verbringen sollte, in dem Haus, in dem er auch geboren wurde. Die Tage waren noch sonnig, die Kühe weideten noch auf den Wiesen, die ersten Kartoffelfeuer brannten, doch in der Morgendämmerung waberte bereits der Nebel.

Zeff fühlte sich ein bißchen unbehaglich in der großen Wohnung seiner Großmutter, die dort mit einem Hausmädchen allein wohnte. Sie konnte mit Zeff nicht viel anfangen, und ihr fiel nicht viel mehr ein, als ihm eine Schachtel alter Medaillen und Knöpfe zum Spielen in die Hand zu drücken, deshalb stromerte Zeff am liebsten draußen herum oder lief ehrfürchtig durch die rußige Eisengießerei.

Abends beobachtete Zeff vom Fenster aus die Kühe, die am Haus vorbei in ihre Ställe getrieben wurden, ein einziges langsames, friedvolles Trotten und Nicken der Köpfe, als wüßten die Tiere längst, was von ihnen erwartet wurde.

An einem der nächsten Tage schlüpfte Zeff aus dem Haus und wartete darauf, daß die Kühe von der Weide geholt wurden. Die Bauernjungen sahen ihn an, ohne ihn zu grüßen, und trieben die Kühe mit bloßen Händen und melodiösem Singsang an, nur ganz selten griffen sie zur Peitsche, und auch dann nur, um sie knallen zu lassen. Zeff lief in der Herde mit, atmete den warmen Duft der Tiere, der nach ihrem Dung roch, und als er sich auf der Höhe des Hauses von ihnen trennen wollte, fing plötzlich eine große, gehörnte Kuh an aufzuspringen und auf ihn loszugehen. Die anderen Kühe blieben ruhig und versperrten ihr dichtgedrängt den Weg, und da Zeff die Gefahr sofort erkannt hatte, geschah ihm nichts weiter. Er, der die Kühe so liebte, erzählte seiner Großmutter nichts davon, er versuchte tapfer, selber damit fertig zu werden.

Die Tage auf dem Land waren schon fast vorbei, und noch immer schien eine milde, spätsommerliche Sonne vom Himmel, als Zeff eines Morgens aus dem Haus trat und auf Maria traf, die Tochter des Gießereimeisters, die etwa in seinem Alter war. Maria war ein schlankes Mädchen mit großen, verschatteten Augen und langen, dunkelblonden Haaren, und als Zeff es ansprach, lächelte es, antwortete aber nicht. Zeff deutete auf den Wald, der kaum fünfhundert Meter entfernt war, und zusammen machten sie sich auf den Weg. Zeff erzählte, warum er hier war, von seinem Beinahe-Zusammenstoß mit der Kuh, und Maria lachte, lächelte, ging voraus, bog kokett den Kopf zurück und sagte nichts. Sie gingen der Emme entlang, die schäumte und deren Fluten donnernd über die weißen Felsen stürzten, die in unregelmäßigen Abständen kleine Wasserfälle bildeten. Zeff und Maria schauten sich an, in stillem Einverständnis, als könnte sie nie mehr etwas trennen, und Hand in Hand rannten sie über die Felder nach Hause zurück. Als er seiner Großmutter beim

Abendessen begeistert von seinem Erlebnis erzählte, wurde sie ganz still und faßte ihn am Arm.

"Hat dir das niemand gesagt? Maria ist taubstumm, das arme Ding, es kann weder sprechen noch hören..."

Verwirrt schaue ich meine Großmutter an und weiß nicht, ob ich ihr glauben soll. In meiner Erinnerung haben wir uns mühelos verständigt, und ich könnte beschwören, daß es auch durch Worte geschah.

Erst nach und nach entdeckte Zeff, daß noch fünf andere Kinder in seiner Nähe wohnten. Da sie unterschiedlich alt waren, besuchten sie andere Schulen und trafen sich nicht auf dem Schulweg. Doch wenn nachmittags kein Unterricht war, spielten sie gelegentlich auf der Straße. Nur selten störte sie ein Auto, und wenn, war es meist ein Anwohner, der abends von der Arbeit kam. Als an einem heißen Sommertag alle sechs Kinder gleichzeitig draußen waren, gab es erst eine komplizierte Phase des heimlichen Abtastens und Sicheinschätzens, dann folgte ein langes Palaver, was sie gemeinsam spielen könnten, schließlich einigten sie sich auf Völkerball.

Es ging hitzig zu, alle warfen sich mit voller Kraft in das Spiel. Sofie, die älteste von allen, mit ihren schmalen Gliedern und den tiefliegenden Augen, der bullige Markus, der leicht auszurechnen war, Theo, der wieselflink auswich, aber kraftlos den Ball warf, Ralf, das Nachbarskind, etwas schwer von Begriff, Mona, seine hübsche Schwester, der es wichtiger schien, sich geschmeidig zu bewegen als getroffen zu werden, und Zeff, der schweigend und in düsterer Entschlossenheit den Sieg anstrebte. Doch es war das gegnerische Team, das gewann. Sofie hatte mit boshafter Genugtuung Mona ins Visier genommen, die als letzte im Feld stand und sich hin- und herwand, ohne sich wirklich zu bewegen.

"Schlangengleich wich sie aus, doch der Ball traf sie trotzdem, die Maus..."

Mit einem trockenen Wurf schoß sie Mona lässig ab und beendete damit das Spiel.

In diesem Augenblick trat die Mutter der beiden Nachbarskinder auf die Straße.

"Kinder! Kommt! Zeit für eine Erfrischung!"

Alle rannten los und versammelten sich im Kinderzimmer, wo Monas und Ralfs Mutter einen Krug selbstgemachte Zitronenlimonade hingestellt hatte. Alle waren verschwitzt und durstig und noch voller unausgelebter Emotionen. Wirr und laut wurde durcheinandergeschrien, der Ausgang des Spiels von den Verlierern in Frage gestellt, doch irgendwann erlahmten die Diskussionen. Alle lagen irgendwie hingefläzt auf den Betten oder auf dem Boden, und es war Sofie, die plötzlich einen ganz anderen Ton anschlug.

"Na, ihr lahmen Enten, was haltet ihr von einem Pfänderspiel?"

Sie fragte es lachend und wie nebenbei. Alle schauten sich an, keiner dachte so richtig darüber nach, und noch bevor sich jemand äußern konnte, fuhr sie bereits fort.

"Es ist ganz einfach, wer eine Frage nicht beantworten kann, muß ein Kleidungsstück ausziehen, und wer als erstes nackt ist, hat verloren..."

Die Kinder sahen sich verlegen an und aneinander vorbei, alle fühlten sich unbehaglich, doch insgeheim lockte sie der Reiz des Neuen.

"Tut doch nicht so, als sei es das erste Mal... außerdem, es ist so heiß, daß ich mich am liebsten gleich ausziehen würde..."

Die Kinder richteten sich wortlos auf, das Fragespiel begann, und schon bald lagen Socken und Hemden auf einem Haufen, viel trugen die Kinder ohnehin nicht auf dem Leib. Eine dumpfe Erregung bemächtigte sich ihrer, und keiner nahm wahr, wie geschickt es Sofie anstellte, daß Mona unausweichlich zum Opfer wurde, die nur noch mit ihrem Slip bekleidet war. Sofie, die mit der nächsten Frage dran war, beugte sich vor, wandte sich an Mona und flüsterte beinahe.

"Wie heißt die Stelle, welche die Frauen zwischen den Beinen haben?"

Mona wurde rot, schüttelte den Kopf und sah verwirrt von einem zum anderen.

"Ich verstehe nicht..."

"Du verstehst sehr wohl... also?"

Mona schüttelte wieder den Kopf, diesmal verzweifelter.

"Ich weiß es nicht..."

Sofie sah triumphierend in die Runde und fixierte dann Mona mit ihrem Blick.

"Das ist die Vagina... los, ausziehen..."

Es war soweit. Wie in Trance, beschämt und ungeschickt, als wollte sie den Augenblick der Entblößung hinauszögern, schob Mona auf dem Rücken liegend ihre Unterhose über die Schenkel. Die glatte Haut ihres wohlgeformten Mädchenkörpers glänzte vor Schweiß, und Sofie feuerte sie an.

"Ja, so ist's gut, mach' weiter..."

Mona streifte den Slip über die Füße, und Sofie nahm ihn schwungvoll entgegen.

"Das hast du gut gemacht, du bist jetzt unsere Nacktkönigin..."

Die übrigen Kinder wagten kaum hinzusehen, konnten die Augen aber doch nicht von der Spalte zwischen ihren Beinen abwenden, und Sofie hatte plötzlich Farbstifte in der Hand.

"...und eine Königin muß man schmücken..."

Sofie begann damit, Mona zur Krönung ihrer Darbietung Farbstifte sanft in ihre Öffnung zu schieben, bis sie dem Fabelwesen einer Echse ähnelte. Als kein Platz mehr war, verharrte Sofie mit dem letzten Stift in der Luft, alle starrten Mona an, die plötzlich auffuhr, die Farbstifte aus der Scheide riß und weinend aus dem Zimmer lief. Stumm und beklommen fingen die übrigen Kinder an sich zu rühren und ihre Kleidungsstücke aufzusammeln, am liebsten wären sie auch alle hinausgerannt, nur Sofie lehnte sich mit dem Farbstift zwischen ihren Fingern zufrieden an die Wand, und ein hintergründiges Lächeln entspannte für einmal ihren stechenden Blick.

"Was habt ihr denn, es ist ihr doch nichts passiert..."

Benommen suche ich nach meinen Socken und meinem Hemd und versuche zu begreifen, was ich eben erlebt habe. Wie eingebrannt steht mir das Bild von Monas nacktem Körper vor Augen, die glatte, leicht gebräunte Haut, über die Schweißperlen rinnen, die Spalte zwischen ihren Beinen, in die Sofie lasziv und mit zielsicherer

Selbstverständlichkeit Farbstifte steckt, sodaß es zuletzt aussieht wie ein heidnischer Altar. Das Gefühl, das ich dabei empfinde, kommt ganz von innen, aus einem Bereich, der mir bislang nicht zugänglich war. Es ist, als umhüllte mich eine riesige, unsichtbare Glocke, gefüllt mit der dumpfen, lockenden Ahnung von etwas Unaussprechlichem, von dem ich jedoch weiß, daß es mich unwiderruflich von meinem geliebten Schwebezustand weglocken will. Ich atme tief durch, schlüpfe in meine Schuhe und verlasse mit den anderen Kindern fluchtartig das Haus.

4

Zeffs gute Noten waren verantwortlich dafür, daß er sich nach vier Jahren Primarschule wieder eine neue Höhle suchen mußte, in die er sich verkriechen konnte, er wurde, ohne daß er sich groß angestrengt hätte, für zwei Jahre ins Progymnasium versetzt. Nicht nur, daß er jetzt bloß noch zehn Minuten in die Schule brauchte, er fand sich auf einmal unter lauter Jungs wieder, die Mädchen, die den Sprung ebenfalls geschafft hatten, besuchten, auch für zwei Jahre, die Sekundarschule. *Merkwürdig, wie sich plötzlich das Klima verändert, wenn nur noch Jungs auf den Schulbänken sitzen. Nicht, daß ich den Mädchen in der Primarschule viel Aufmerksamkeit geschenkt hätte, im Gegenteil, sie irritierten mich eher mit ihren seltsamen Spielen auf dem Schulhof, ihren Grüppchenbildungen, ihrem Gekicher und der ewigen Heimlichtuerei, als seien sie im Besitz großer Geheimnisse. Doch jetzt vermisse ich diese lockere Art, auch meinen Mitschülern scheint es so zu gehen, wir belauern uns gegenseitig, versuchen, uns während des Unterrichts keine Blößen zu geben und legen uns in den Sportstunden mächtig ins Zeug, damit keiner auf die Idee kommt, dem anderen dumm zu kommen. Doch das ist anstrengend und irgendwie öde, nie kommt so richtig ein Gefühl der Freude auf.*

Der kurze Schulweg verleitete Zeff dazu, die Zeit zu unterschätzen, die er dafür brauchte, und so hetzte er jeden Tag im letzten Augenblick die Treppen hinunter, um sich nicht dem Gespött auszusetzen, daß ausgerechnet er zu spät kam. Doch auf dem Nachhauseweg trödelte er herum und sah sich ein wenig in der Umgebung des neuen Schulhauses um.

Schon bald fiel ihm unter den Kindern, die aus anderen Schulhäusern wie er auf dem Heimweg waren, um dann eins nach dem anderen in einem der Hauseingänge zu verschwinden, ein Mädchen auf, eine hübsche, lebhafte Brünette, die immer einen Haufen Mitschülerinnen um sich scharte, die kreischten, lachten, sich jagten und Dinge taten, die Zeff nicht verstand. Es faszinierte ihn, mit welcher Selbstverständlichkeit sie wie eine Königin ihren Hofstaat dirigierte. Fast jeden Tag paßte er die Gruppe ab und folgte ihr aus sicherer Entfernung, bevor sich ihre Wege trennten, und beobachtete unauffällig das Mädchen, von dem er inzwischen wußte, daß es Hannah hieß.

Trotz Zeffs Vorsichtsmaßnahmen nahm Hannah mit dem Instinkt eines Tieres sein Interesse an ihr wahr, und mit der Boshaftigkeit eines übermütigen Kindes, das absolut über ihr kleines Imperium herrschte, machte sie zu ihrem Gefolge spitze, übermütige Bemerkungen über ihn, so laut, daß er sie hören konnte.

"Da ist er ja wieder, unser Hirtenhund, und paßt auf, daß keine von uns verlorengeht..." "Der arme Bub, hat wohl keine Mamma... und seine Babyflasche hat er auch nicht dabei..." "Sollen wir ihn in unseren Kreis aufnehmen? Ich hätt' noch ein paar hübsche Kleidchen, ganz in Rosa und mit Spitzen..."

Zeff, zutiefst getroffen, vermied es fortan, daß sich ihre Wege kreuzten.

Dann kam der Winter, und Zeff trug eine Mütze mit Ohrenklappen, die er nicht mochte, er fand, er sah affig damit aus, doch seine Mutter hatte sie ihm wegen der klirrenden Kälte aufgezwungen. Auf dem Weg nach Hause, er war in Gedanken und hatte, ohne es zu merken, wieder einmal den alten Umweg genommen, geriet er unversehens mitten in die Gruppe um Hannah, die sofort aufgeregt um ihn herumtanzte.

"Oh! Seht her! Wen haben wir denn da?"

Sie stellte sich ihm spielerisch in den Weg und fixierte ihn mit gespielt düsterer Miene.

"Das ist aber gar nicht nett! Setzt sich eine Mütze auf, damit wir ihn nicht wiedererkennen..."

Hannah riß ihm die Mütze vom Kopf, warf sie ihren Freundinnen zu und jauchzte dabei, als gäbe es nichts Schöneres auf der Welt. Zeff machte schwache Versuche, seine Mütze zurückzuerobern, doch der Anblick Hannahs, die mit blitzenden Augen das Spiel weitertrieb, nahm ihm jede Kraft, eine solche Demütigung hatte Zeff noch nie erlitten. *Das Schlimmste daran ist mein Ohnmachtsgefühl. Hätte ein kleines, dünnes Ding dasselbe gemacht oder irgendein frecher Bengel, hätte ich mich wehren können, und alle wären auf meiner Seite gewesen, doch auch wenn ich noch ein Kind bin, spüre ich zum ersten Mal die überwältigende Naturgewalt, die sich in Hannahs weiblicher Schönheit manifestiert, die alles darf, selbst mir bitteres Leid zufügen. Auf dem restlichen Heimweg versuche ich, das Erlebte kleinzureden, doch vergebens. Es ist, als habe sich ein Riß in meiner Höhle aufgetan, durch den ein kalter Wind hereinweht.*

Ein einschneidendes Ereignis sorgte dafür, daß sich Zeffs Eltern einen Hund anschafften: Nach der Rückkehr von einem Theaterbesuch stellten sie mit Entsetzen fest, daß Einbrecher ihrem Bungalow einen Besuch abgestattet hatten, und Zeff war allein zu Hause gewesen! Sie waren nicht die einzigen Leidtragenden, andere Nachbarn waren auch heimgesucht worden. Es war offensichtlich eine Bande, welche die Umgebung und die Gewohnheiten der

Bewohner genau ausgekundschaftet und dann eiskalt zugeschlagen hatte. Was Zeffs Eltern und ihm selbst am meisten zu schaffen machte, waren die Umstände dieser dreisten Tat. Unten im Keller hatten sie mit einem Diamanten ein kreisrundes Loch in das dicke Glas der Kellertür geschnitten und die Tür mit dem Schlüssel, der innen steckte, aufgemacht. Sie hatten so ziemlich jedes Zimmer durchwühlt und am Ende nur Bargeld mitgenommen, das irgendwo in einer Schublade versteckt war. Die Dienstpistole von Zeffs Vater, bei der Durchsuchung nachlässig aufs elterliche Bett geworfen, hatten sie seltsamerweise liegengelassen.

Die schlimmste Vorstellung war jedoch, daß die Einbrecher auch ins Kinderzimmer geschaut haben mußten, wo Zeff in tiefstem Schlaf lag. Ihm war nichts passiert, er war nicht einmal aufgewacht, doch allein der Gedanke, was hätte geschehen können, wäre er beim Öffnen der Tür hochgeschreckt und hätte die Diebe gesehen, ließ ihnen das Blut in den Adern gefrieren, allen voran Zeffs Mutter. *Zuerst verstehe ich die ganze Aufregung nicht, plötzlich laufen spät nachts fremde Menschen durch unser Haus und stellen immer wieder unverständliche Fragen. Meine Mutter ist den Tränen nahe, und mein Vater versucht, die Fassung zu bewahren. Erst allmählich wird mir klar, daß bei uns eingebrochen wurde und ich von alldem nichts mitbekam. Der dümmliche Stolz, im Mittelpunkt eines so außergewöhnlichen Ereignisses zu stehen, weicht allmählich der dumpfen Einsicht, daß ich ja ganz allein zu Hause war und die Verbrecher ganz sicher auch die Tür zu meinem Zimmer geöffnet hatten. Diese grauenhafte Vorstellung, daß da jemand Fremdes, Feindliches mich im Schlaf beobachtet hat, wehrlos ausgeliefert und ohne Bewußtsein, ergreift immer stärker Besitz von mir und führte dazu, daß ich mein Leben lang immer mein*

Zimmer abschließen muß, wenn ich mich allein in einer Wohnung zum Schlafen hinlege.

Nach langem Hin und Her entschieden sich seine Eltern schließlich für einen Appenzeller Sennenhund, ausdauernde, leidenschaftliche Wach- und Hüterhunde, nur nicht so zottig und riesig wie ihre Berner Namensvetter. An einem Samstag vormittag fuhren sie los zu einem bekannten Züchter, der auch Bauer war. Er war schweigsam wie die ganze Familie und seine zahlreichen Kinder, welche die nervösen Städter neugierig und abschätzend musterten und schon bald mit leicht heruntergezogenen Mundwinkeln und verstohlenen Blicken untereinander zu verstehen gaben, daß sie nicht viel von ihnen hielten. Das Faszinierende an dem Bauer waren seine Augen, ein grünes und ein blaues, sodaß man nie richtig wußte, in welches man blicken sollte. Bevor die Besucher die jungen Hunde begutachten durften, gab es ein ausgiebiges Mittagsmahl, das in riesigen Schüsseln auf einem langen, blanken Holztisch dampfte: Dörrbohnen mit Kartoffeln, Speck und Würstchen.

Nach dem Essen ging es endlich hinüber zu den Zwingern, die groß und luftig waren, mit einem weitläufigen, umhegten Auslauf. Die Welpen waren schon von den Muttertieren entwöhnt, und der Bauer erklärte seinen Besuchern in einfachen, einprägsamen Worten, worauf es ankam, wenn man so ein junges Tier aufzog.

"Ein Hund ist keine Spielzeug, er hat einen eigenen Charakter wie die Menschen auch, und nicht jeder soll ihn streicheln, wenn er ein guter Wächter werden soll... Ich hab' euch aufgeschrieben, was er zu fressen bekommt..."

Er öffnete ein Gitter, hinter dem die Jungtiere wie

Wollknäuel durcheinander purzelten, und sofort torkelte einer der jungen Hunde schwanzwedelnd geradewegs auf Zeff zu. Er hatte die typische Zeichnung seiner Rasse, den weißen Bleß auf der Stirn, schwarzes, kurzes Fell mit weißen und braunen Einsprengseln, einen Ringelschwanz und große, schwarze, vor Lebensfreude funkelnde Augen. Der Bauer schloß das Gitter wieder, hob den Welpen hoch und legte ihn Zeff in die Arme, bevor seine verblüfften Eltern auch nur ein Wort äußern konnten.

"*Er* hat sich entschieden, das ist ein gutes Zeichen..."

Der Bauer lächelte zufrieden.

"...aber so schnell ging das noch nie..."

Das Gefühl, das mir dieses kleine Energiebündel ver-mittelt, das keinen Augenblick stillhalten kann, ist über-wältigend. Warum hat er gerade mich ausgesucht? Spürt er, daß ich ihm nichts Böses will? Eine leise Empfindung wie Neid durchzuckt mich plötzlich. Lebt er nicht eigent-lich das Leben, das ich führen will? Unbeschwert, verant-wortungslos, ohne sich um sein Essen zu kümmern? Ja, gewiß, aber er weiß es nicht... Er schaut mich vorwurfs-voll an und strampelt mit seinen Pfoten gegen meine Arme. Ich werde ihn Toby nennen.

Es war ein warmer, sonniger Samstag nachmittag, als Zeff sich widerwillig auf den Weg in die Stadt machte. Am Sonntag war Muttertag, und mit seinem Vater hatte er vereinbart, daß er die Topfblumen besorgte, die sie sich wünschte, und er dafür das Frühstück zubereiten würde.

Zeff brauchte lange, um Toby beizubringen, daß er zu Hause bleiben mußte, weil er einfach noch zu klein war für so einen langen Weg, dann eilte er die gewundene

Straße hinab, in der sein Elternhaus stand. Er überquerte den kleinen, sternförmigen Platz, an dem der Konsumladen lag, und nahm die lange, steile Treppe, vorbei an der geheimnisvoll-verwitterten, schloßähnlichen Villa, die sich inmitten eines verwilderten Parks auf einem schmalen Felsvorsprung duckte. Über die Bahnüberführung und die Treppen an der französisch-protestantischen Kirche vorbei gelangte er schließlich in die von schattigen Bäumen gesäumte schmale Seepromenade, die kurz vor der Innenstadt endete.

Der Blumenladen, dessen Name ihm seine Mutter eingebleut hatte, lag nicht weit von der Stelle entfernt, wo der Stadtbach endgültig im Untergrund verschwand, unterhalb einer alten, gemütlichen Kneipe, deren Gäste nicht den besten Ruf genossen. Unschlüssig ging Zeff auf den Laden zu und stieß im selben Augenblick fast mit einem jungen Mädchen zusammen, dessen Anblick ihn so nachhaltig aus seinen dumpf kreisenden Gedanken riß, als wäre er gegen einen Lichtmast gerannt. Das Mädchen war schon sommerlich angezogen und trug ein leichtes, bunt bedrucktes Baumwollkleid mit kurzen Ärmeln, weiße, knöchellange Söckchen und weiße, geflochtene Ledersandaletten. Die langen blonden Haare umwehten ein ovales, etwas flaches Gesicht, auf dem ein entrücktes, heiteres Lächeln lag, als ob die Augen nach innen schauten und sich am Anblick junger, spielender Hunde auf einer saftigen, blumenübersäten Wiese ergötzten.

Zeff blieb stehen, starrte dem Mädchen hinterher und begriff nicht, was mit ihm geschah. Zwar hatten ihm auch schon andere gleichaltrige Mädchen durch ihr Äußeres gefallen, und er hatte sich gewünscht, in ihrer Nähe zu sein, doch das hier war etwas völlig anderes. Er wandte sich vom Eingang des Blumenladens ab, den er schon beinahe betreten hatte, und ging ohne nachzudenken dem

Mädchen nach, das sich mit leichten, schwingenden Schritten durch die entgegenkommenden Passanten schlängelte. Ihre Arme folgten den Bewegungen ihres Körpers ohne übertriebenes Schlenkern, und auf ihren festen, schlanken Waden, die so aussahen, als würden sie in der Sonne schnell bräunen, zeichneten sich bei jedem Schritt kaum merklich ihre Muskeln ab.

Zeff folgte ihr in einigem Abstand durch die ganze Stadt, wechselte mit ihr die Straßenseite, wenn es ihr gerade einfiel, wartete weit hinter ihr an Ampeln und fragte sich kein einziges Mal, was er eigentlich tat. Er sah niemanden außer ihr, die Passanten zogen wie Schatten an ihm vorbei, und die Geräusche des Straßenverkehrs schienen wie durch Zauber gebannt.

Das Mädchen hatte nun das Zentrum verlassen, ohne etwas eingekauft oder sich sonstwie aufgehalten zu haben, und ging nun auf dem Bürgersteig einer langen, breiten, beinahe menschenleeren Ausfallstraße dahin, die in der prallen Sonne lag. Zeff folgte ihr auf der gegenüberliegenden Straßenseite und konnte die Augen nicht abwenden von diesem leichtfüßigen Wesen, das in seiner gebändigten Kraft und Geschmeidigkeit zu wachsen und seine Energie unmittelbar aus den Sonnenstrahlen zu ziehen schien, die es in so verschwenderischer Weise übergossen. Es waren nicht nur die Schönheit und Harmonie dieses Mädchens, die ihn derart fesselten, sondern fast noch mehr diese Selbstverständlichkeit, wie es in der Welt war, diese Selbstgewißheit ohne den Beigeschmack von Arroganz, diese Selbstvergessenheit ohne affektiert zu sein, dieses ruhige, stetige Gehen, dieses sich um nichts Sorgen machen - es war wie die Welt, die er sich erträumte, nur daß das Mädchen Wirklichkeit war, lebendiges, pulsierendes Leben, und plötzlich schien es ihm nicht mehr befriedigend, sich alles bloß auszudenken.

Was würde geschehen, wenn er seine Höhle verließ und in die reale Welt eintauchte?

Mit Entsetzen beobachtete Zeff, wie das Mädchen unvermittelt die Richtung änderte, entschlossen auf ein Haus zuging, klingelte und gleich darauf im Eingang verschwand. Das Fensterglas der Haustür reflektierte einen letzten Abglanz der Sonne, die es den ganzen Weg begleitet hatte, dann war dort nur noch ein schwarzes Loch.

Zeff erwachte wie aus einem Traum, schaute um sich und fand sich in einem Vorort wieder, den er bisher nur mit dem Fahrrad erkundet hatte. Mit Schrecken fiel ihm ein, daß er den eigentlichen Zweck seiner Unternehmung ganz vergessen hatte, und sah sich nach einem Blumenladen um. Die Geschäfte waren inzwischen geschlossen, und an einer Ecke entdeckte er zufällig eine alte Frau, die dabei war, Blecheimer mit übriggebliebenen, nicht mehr ganz frischen Sträußen einfacher Aprilglocken auf einen zweirädrigen Karren aufzuladen. Zeff kaufte ihr hastig den besten ab und hielt Ausschau nach dem Trolleybus, der ihn in die Stadt zurückbringen sollte. Erst jetzt fiel ihm ein, daß er gar nicht auf den Gedanken gekommen war, das Mädchen einzuholen und anzusprechen - aber um was zu sagen, was zu tun? Eine Sehnsucht, die er nicht erklären konnte, zerrte an seinem Herzen und machte seine Seele schwer.

Zu Hause schlich sich Zeff heimlich in die Waschküche, damit ihn seine Mutter mit seinem kümmerlichen Blumenstrauß nicht sah, warf ihn in einen Eimer mit Wasser und lief in sein Zimmer, als renne er um sein Leben.

Das Abendessen verlief in quälender Einsilbigkeit. Den Eltern entging Zeffs düstere Verschlossenheit nicht, doch umsonst versuchten sie, die Ursache hierfür aus ihm herauszulocken. Sein Vater versuchte es mit einem Witz.

"Sollen wir gleich das Radio anmachen, oder willst du vielleicht doch noch etwas sagen?"

Zeff sah mit einem schiefen Grinsen auf und konzentrierte sich gleich wieder auf seinen Teller.

Wie meistens ließ seine Mutter nicht locker.

"Es gibt uns schon zu denken, daß du nie mit uns sprichst... sind wir dir nicht gut genug?"

"Es ist... nichts... ich kann jetzt einfach nicht reden..."

Wie sollte er auch sein Erlebnis erklären, ohne das Geheimnis seines Doppellebens zu offenbaren? Er schämte sich nicht, daß er einem Mädchen nachgelaufen war, doch er schämte sich seiner Schwäche, die ihn dazu zwang, alles bloß zu registrieren, ohne das Wagnis einzugehen, aus seinem Schatten herauszutreten, und er stemmte sich gegen das vage Gefühl, daß irgendetwas nicht stimmte mit ihm. Was war es, was ihn plötzlich zu solchen Überlegungen zwang, warum waren er und die Welt plötzlich zwei verschiedene Dinge? *Endlich kann ich mich in meinem Bett ausstrecken und mit Wehmut an das Mädchen denken, das ich am Nachmittag so beharrlich verfolgte. In meiner Vorstellung verklärt es sich zu einem engelhaften Wesen, das auf einer goldenen Sonnenrutsche zu mir herabgeglitten ist und eine verschlüsselte, nur für mich verständliche Botschaft bei sich trägt. Doch wo liegt der Sinn, und warum zieht sich mein Herz zusammen, wenn ich an dieses Mädchen denke? Unvermittelt fällt mir mein Bastelraum im Keller ein, wo das Balsagerippe eines Segelfliegers der Bespannung harrt. Stunden um Stunden habe ich dort unten verbracht, und auf einmal kann ich mich nicht mehr erinnern, was mich daran so gereizt hat. Alles entgleitet mir, fieberhaft wün-*

sche ich mir einen hohen Wall gegen all das Neue, das mich bedroht, oder tiefen Schlaf, der mich von meinen schlingernden Gedanken erlöst.

Die ersten warmen Tage lockten die Menschen wieder ins Freie, und Zeff tollte mit Toby im Garten herum. Vor einer Weile hatte er sein Fressen bekommen, und jetzt nagte er an einem Knochen, der bald in mehrere Teile zersplitterte, die Toby über die ganze Rasenfläche mal hierhin und mal dorthin trug. Zeff schüttelte den Kopf über soviel Umständlichkeit und wollte ihm helfen, die Übersicht nicht zu verlieren. Er sammelte die einzelnen Teile ein und wollte sie alle vor ihm ausbreiten.

"Komm her, ich leg' dir alles auf einen Haufen, dann hast du es leichter..."

Doch Toby schien Zeffs Absicht gründlich mißzuverstehen, mit ein paar großen Sätzen und einem tiefen Knurren stürzte er sich auf ihn und biß ihn in die Hand, instinktiv hatte er wohl angenommen, daß Zeff ihm die Knochenstücke wegnehmen wollte, was Zeff erst viel später begriff. Und so starrten sie sich lange an, Zeff völlig fassungslos und Toby, wie verwandelt, mit der drohenden Körperhaltung einer um ihr Leben kämpfenden Kreatur. *Dieses Erlebnis hat mich erschüttert wie kaum ein anderes, denn immer wenn ich danach mehr als einen Tag von zu Hause weg bin, im Skilager während der Schulzeit, nach ein paar Tagen Ferien bei meiner Großmutter in meinem Geburtsort, stellen sich bei Toby die Haare auf, wenn er mich sieht, und er geht wie in Zeitlupe steif und knurrend auf mich zu. Erst allmählich, sobald er ausgiebig an mir geschnuppert und meine altbekannte Stimme vernommen hat, ist er wieder ganz der Hund, der mir bedingungslos gehorcht. Daß ausgerechnet dieses treue Tier, das letztlich nur seinen Instinkten folgt, meine gute Absicht beim Knocheneinsammeln nie verstehen wird, mich zeitweise wie einen Feind behandelt und aus seiner Welt ausschließt, die ich besser zu verstehen meine als die der Menschen, wird mich mein Leben lang verfolgen.*

Die <Braderie>, das große Sommerfest, kannte Zeff noch von früher, als er als kleines Kind von seinen Eltern zum großen, bunten Umzug mitgenommen wurde, den er stolz aus einem der Fenster des Gebäudes, wo sein Vater arbeitete, verfolgen konnte. Vom sonstigen Trubel in der Stadt, den Imbißbuden, den Verkaufsständen, den Bühnen mit Live-Musik und der Kirmes auf dem riesigen Platz, wo sonst der Wochenmarkt stattfand, hatte er nichts mitbekommen.

Jetzt lungerte Zeff ziellos durch die für den Verkehr gesperrten Straßen und nahm wie betäubt die Ausgelassenheit, den Lärm und die Gerüche rund um ihn herum wahr, die mit der alltäglichen Nüchternheit dieser Stadt so wenig zusammenzupassen schienen. Er ließ sich von dem Menschenstrom allmählich auf den Platz hinaustreiben, wo die Karussells, die Autoscooter, die Schießbuden und die Achterbahn standen. Mädchen und Jungs sausten vorbei, schrien sich unverständliche Dinge zu, jagten sich gegenseitig, packten sich derb an Händen, Hemden und Blusen und verschwanden wieder im Gewirr der Passanten.

Zeff beobachtete das Treiben und dachte unbestimmt an das Mädchen, das er durch die ganze Stadt verfolgt hatte, ohne es anzusprechen, und eine vage Sehnsucht ergriff Besitz von ihm. Er drängte sich plötzlich vor zum Eingang des Riesenrads, das in Wahrheit kaum zehn Meter hoch war, und kaufte entschlossen zwei Karten. Stolz und erregt sah er sich um, als ob das Mädchen, das er zu der Fahrt einladen wollte, schon darauf wartete, von ihm angesprochen zu werden.

Zuerst genoß er das Gefühl, eine Auswahl treffen zu können, und nur das hübscheste Mädchen kam natürlich für ihn in Betracht. Doch als er anfing, die Mädchen um ihn herum genauer in Augenschein zu nehmen, die drallen, die stillen, die schlanken, die frechen, spürte er plötzlich einen Abstand wachsen, als stünde er auf einem Felsen mitten in einem tiefen Fluß, den er nicht zu überqueren vermochte.

Die Sonne sank tiefer und mit ihr Zeffs Zuversicht, doch noch ans Ziel zu gelangen, und schließlich schlich er sich davon, tief erschüttert und wütend auf sich selbst, und schwor sich einmal mehr, bei dieser Art von Ausflügen in die Wirklichkeit seine Wünsche und Sehnsüchte tief im Innern seiner Seele zu vergraben. *Stärker noch als sonst empfinde ich die Welt um mich herum als etwas gesondert neben mir Existierendes, als mißlungene Kopie und vergröbernde, mich verhöhnende und sich meinem Willen entziehende Karikatur meiner brennenden Träume. Wie kommen die anderen mit sich zurecht? Was empfinden meine Eltern, wenn sie zusammen sind? Es scheint ein Geheimnis zu geben, zu dem ich keinen Zugang habe.*

Es war ein warmer, sonniger Samstag nachmittag, die Stunden, die Zeff am meisten liebte. Durch das Flurfenster beobachtete er seine Mutter, wie sie mit dem kleinen Weidenkorb voller Blumenzwiebeln endlich das Haus verließ, als Vorwand für einen kleinen Schwatz mit ihrer Nachbarin. Sein Vater war schon vor einer Weile in sein Büro in die Stadt gegangen, um in Ruhe liegengebliebene Korrespondenz zu erledigen. Endlich war er allein!

Zeff atmete tief durch, eilte unverzüglich ins Badezimmer und schloß sich ein. Schon seit Tagen hatte er das dringende Bedürfnis, etwas nachzuprüfen, was ihm schon länger Unbehagen bereitete. Er öffnete den Schrank und wühlte in der kleinen Pappschachtel, in der sich Scheren, Sicherheitsnadeln, Pinzetten und lauter ähnlicher Kram befand, und griff nach der kleinen Nagelschere neben dem metallenen Hornhauthobel, der ihn schon seit jeher auf unerklärliche und beklemmende Weise ans Erwachsenwerden erinnerte.

Zeff öffnete den Gürtel, ließ die Hose auf die Füße fallen, schob die Unterhose hinunter, legte ein Handtuch auf die Rattantruhe, die neben der Badewanne stand, und setzte sich darauf. Er packte die Schere fester, beugte sich vor und äugte angstvoll auf die Stelle seines Bauches um sein Geschlecht herum, aus der winzige, dunkle, borstige Haare sprossen. Wie in Trance stand er langsam auf, hob den Kopf und starrte in den Spiegel. Sein weißer, jungenhafter, weicher Körper hob sich fast gespenstisch gegen die Fleischfarbe seines Geschlechts und die schwarzen Stacheln ab, die scheinbar über Nacht aus seinem Körper heraus gewachsen waren und sein Geschlecht wie ein Gestrüpp umschlossen.

Verstört ließ sich Zeff zurücksinken und begann hilflos an den widerborstigen Haaren herumzuschneiden. Sein Mund öffnete sich, und ein eigenartiges Prickeln breitete sich wellenförmig über seinen ganzen Körper aus. Die kleine, kalte Schere glitt über die haarigen Stellen, schnappte zu und vermochte es dennoch nicht, die dicken Stoppeln zum Verschwinden zu bringen, stattdessen fühlte er, wie sich sein Geschlecht auf eine ihm fremde, beängstigende Weise zu regen begann. Dunkle, mächtige Vorstellungen stiegen in ihm auf und ergriffen triumphierend Besitz von ihm. Wie ein Blitz zuckte es durch sein

Gehirn, und unvermittelt ergoß sich aus seinem Glied, das sich aufgerichtet hatte, ein dünner, weißlicher Strahl.

Zeff erschlaffte, als hätten sich alle seine Knochen mit einem Schlag in nichts aufgelöst. Gleichzeitig fühlte er, daß etwas Entscheidendes mit ihm geschehen war, als ob sich in seinem Inneren plötzlich ein Auge geöffnet hätte, blinzelnd und träge noch, das ihm unverhofft Einblicke in eine Welt vermittelte, die ihm vor kurzem noch verschlossen war. Er ahnte, daß diese Gefühle etwas mit dem Erwachsenwerden zu tun hatten, diesem Zustand der Sorge, der Strenge, der Heimlichtuerei und der Freudlosigkeit, doch noch begriff er den Zusammenhang nicht. Konnte es etwas geben in jenem Leben, das verlockend und erstrebenswert war? Wie gebannt starrte er auf seinen Schoß, ließ nach einem kurzen Augenblick der Verwirrung die Schere fallen, wischte die milchige Flüssigkeit blindlings mit dem Handtuch weg, rannte in sein Zimmer und legte sich reglos aufs Bett. *Wieder und wieder überwältigt mich die Vorstellung, wie diese weißliche Flüssigkeit stoßweise aus meinem Penis schießt, und ich denke mit Beklemmung an dieses merkwürdige Triumphgefühl, das ich dabei empfand, an die gewaltige Kraft, die in diesen wenigen Sekunden lag, in denen ich ein anderer war.*

An diesem Abend ging Zeff seinen Eltern aus dem Weg. Als er in der Küche den Abwasch besorgte, hörte er, wie Fräulein B., eine junge Kindergärtnerin, die in einem der Kellerzimmer zur Miete wohnte, seit bei ihnen eingebrochen worden war, an die Wohnzimmertür klopfte und eintrat.

"Hallo? Entschuldigung..."

Zeff wußte, daß sein Vater in der Zeitung las und seine

Mutter den Gläserschrank aufräumte. Es war nichts Ungewöhnliches, daß die junge Frau mit einem Anliegen zu ihnen kam.

"Dürfte ich Ihr Badezimmer benützen? Ich hätte wieder mal Lust auf ein Wannenbad..."

Ihre Stimme klang jung und unbeschwert. Zeff hörte die Zeitung rascheln und wie seine Mutter die Schranktür zuschob, gleich darauf erklang ihre Stimme.

"Natürlich, Sie haben ja nur die Dusche im Keller... wir gehen heute ins Theater, lassen Sie sich ruhig Zeit..."

"Oh, vielen Dank, das ist wirklich sehr großzügig von Ihnen..."

Fräulein B. zog sich in den Flur zurück, und über den Windfang und die Kellertreppe eilte sie leichtfüßig in ihr Zimmer zurück.

Nachdem sich seine Eltern ins Theater aufgemacht hatten, wartete Zeff mit einer Erregung, die ihm unbegreiflich war, in seinem Zimmer auf die leichten Schritte des Fräulein B., die ankündigten, daß sie ihre Absicht in die Tat umsetzte. Endlich hörte Zeff die Tür vom Windfang zum Gang, der ganz nach hinten an seiner Tür vorbei zum Bad führte, leise klappen, er löschte das Licht, schloß die Augen und spannte sein Gehör an, um sich ein Bild von dem zu machen, was Fräulein B. nur ein paar Schritte von ihm entfernt gerade trieb.

Doch die Ungeduld lockte Zeff zu seiner Tür, er öffnete sie einen Spalt und stellte erleichtert fest, daß Fräulein B. das Licht im Gang wieder ausgeschaltet hatte. Das vertraute Geräusch von einlaufendem Wasser drang aus dem Bad zu ihm und ein süßer, betäubender, fremder Duft, der wohl von einem Badesalz herrührte. Geduckt schlich er aus seinem Zimmer und legte sein rechtes Auge ans Schlüsselloch. Das friedliche Murmeln des frisch zufließenden Wassers war inzwischen verstummt, doch Zeff konnte Fräulein B. nirgends entdecken. Nach dem leisen Rascheln zu schließen, zog sie sich vermutlich im toten Winkel gerade aus. Er schluckte, schob seinen Kopf wieder nah ans Schlüsselloch heran und bekam von hinten gerade noch mit, wie das üppige, blonde Fräulein B. seine rosigen Gliedmaßen ins dampfende Wasser gleiten ließ und dazu wohlige Laute ausstieß. Nur ihr Kopf ragte noch über den Wannenrand hinaus, und sie schien sich zunächst nur daran zu ergötzen, der wohltuenden Erschlaffung rückhaltlos nachzugeben.

Zeff richtete sich nervös auf, doch ein lautes Plätschern und das anschließende Prasseln unzähliger feiner Rinnsale, die an einem sich aufrichtenden Körper entlang auf die Wasseroberfläche zurück tropften, zwang ihn wieder in seine gebückte Haltung, und gebannt starrte er wieder durchs Schlüsselloch. Fräulein B. hatte sich zu ihrer vollen Größe erhoben, das Haar mit einer Plastikhaube geschützt, und seifte sich ernst und gründlich ein. Der Seifenschaum, der ihren Körper wie ein Pelz einhüllte, verhinderte, daß ihre pralle, naßglänzende Weiblichkeit voll zur Geltung kam.

Mit einem Aufseufzen ließ sie sich in die Wanne zurücksinken, rieb sich die Seife von Hals und Schultern und erhob sich von neuem, langsam, majestätisch, selbstversunken, und diesmal beeinträchtigte nichts den Anblick ihrer prachtvollen, rosig schimmernden, runden Arme und Schenkel, ihrer großen, vollen, wie vor Milch strotzenden Brüste und ihres blondbehaarten, machtvollen, unverhüllten Schoßes. Dieses blendende Schauspiel dauerte nur Sekunden, dann griff Fräulein B. nach einem großen Badetuch, schlang es um ihre Schultern und stieg schwerfällig aus der Wanne. Zeff taumelte in sein Zimmer zurück, das Bild dieses nackten, voll erblühten Weibes wie eingebrannt in seinem Gehirn.

Als Fräulein B. leise durch den Gang nach unten in ihr Zimmer ging, lag Zeff im Dunkeln in höchster Erregung in seinem Bett, wie am Nachmittag hatte sich sein Glied wieder aufgerichtet und zuckte in seiner Hand. In seiner Phantasie verschmolz sein dunkel drängendes Ungestüm auf wundersame Weise mit der triumphalen Erscheinung von Fräulein B., wie es dampfend aus der Wanne stieg und ihm, dem heimlichen Beobachter, ihre lockenden Brüste und das verborgene Geheimnis ihres Geschlechts darbot. *Ich liege immer noch wach, als meine Eltern vom Theater zurückkommen, im Schlafzimmer nebenan höre ich sie murmeln und sich umständlich für die Nacht einrichten. Es ist schon ein Uhr, das schwache Mondlicht, das durch die offene Balkontür fällt, hat sich bis zum Fußende meines Bettes herangetastet, doch ich werde das Bild nicht los, wie Fräulein B. in majestätischer Nacktheit aus der Wanne steigt. Warum nur raubt mir ihr Anblick auf so beunruhigend andere Art die Ruhe als das Mädchen, dem ich am Muttertag durch die ganze Stadt gefolgt bin? Schützend lege ich beide Hände auf mein Geschlecht. Ich darf nicht einschlafen, ich muß wachsam sein, niemals will ich erwachsen werden!*

5

Die Zeit schritt voran, ohne daß Zeff etwas dagegen tun konnte, nach zwei Jahren Progymnasium schlüpfte er, wieder ohne Prüfung, problemlos in die Sexta, die erste Stufe des Gymnasiums. Und jetzt waren auch wieder die Mädchen da, in seiner Klasse waren es mehr als die Hälfte. Während er in der Primarschule kaum Notiz von ihnen genommen hatte, hatte sich ihr Wesen und ihr Aussehen in der Zwischenzeit offensichtlich grundlegend geändert. Ihre Gesichtszüge waren weicher geworden und ihre Körper weiblicher, sie bewegten sich jetzt geschmeidiger, rannten und schrien nicht mehr so durcheinander wie früher, und ihre Augen hatten einen wissenden Ausdruck angenommen, der, so schien es Zeff, sogar in mildes, mitleidiges Lächeln überging, wenn sie die Jungs betrachteten oder über sie redeten. *So viel Neues, das auf mich einstürzt, gerade jetzt, da ich mich so unwohl fühle in meiner Haut. In der reinen Jungs-Klasse im Progymnasium spielte ich meine Rolle, ohne viel von mir preisgeben zu müssen, ich war gut im Handball, ließ mich mittreiben, und das hatte genügt. Jetzt, wo die Mädchen wieder aufgetaucht sind, als seien aus grauen Raupen auf einmal bunte Schmetterlinge geworden, fühle ich mich in die Enge getrieben, heimlich beobachtet und hinterfragt. Als sie mir noch gleichgültig waren, war mir das egal, doch jetzt zieht es mich selber zu ihnen hin, ich sehe ihre blitzenden Augen, ihre schimmernde Haut und ihre aufknospenden Körper unter Röcken und Blusen. Es zieht mich hinaus aus meiner Höhle, und ich weiß nicht, was noch alles kommt.*

Dieser Wechsel in seinem Leben kam für Zeff zur Unzeit, denn bei ihm hatte ein Wachstumsschub eingesetzt, der ihm sehr zu schaffen machte. Er war groß geworden, aber nicht ebenmäßig wie die anderen, sondern in die Höhe geschossen wie eine Bohnenstange. An seinen langen, dünnen Armen hingen die Hände wie Schaufeln herab, und die Gelenke an seinen endlosen Beinen schienen mehr Umfang zu haben als Waden und Oberschenkel. Die Beckenknochen standen ab, den schmalen Schultern mangelte es an Breite, und am mageren Brustkorb konnte man die Rippen zählen. Er schämte sich entsetzlich und hatte angefangen, mit Waldläufen, Liegestützen und Klimmzügen sich diesem Mangel entgegenzustemmen, doch das klappte natürlich nicht über Nacht. Zu seiner Erleichterung stellte er nach bangen Wochen fest, daß er der einzige war, der sich so erbarmungslos taxierte. *Alles löst sich auf, und ich habe keinen Augenblick das Gefühl, daß ich Entscheidungen treffe. Irgendwo, verborgen in meinem Inneren, scheint es es eine Instanz zu geben, die mich unwiderruflich lenkt. Vielleicht sollte ich anfangen, alles aufzuschreiben, was mir widerfährt.*

Die Frage des Banknachbarn war zum Glück rasch geklärt, ein paar Blicke mit Max und ein Grinsen genügten, dann saßen sie zusammen an einem Zweierpult. Max war ein ruhiger Zeitgenosse, dunkelblond und bullig, er beobachtete scharf, redete wenig und litt nicht wie Zeff unter einem inneren Vulkan. Später bildeten sie mit Jean-Claude und Marielle, die beide nicht so hießen, sich aber so nannten, nach einem Film, den sie zufällig zusammen gesehen und dessen Hauptfiguren ihnen imponiert hatten, eine lose Clique. Marielle war dunkelhaarig und melancholisch, und als sie in Französisch Sartre durchnahmen, kleidete sie sich nur noch in Schwarz. Jean-Claude war hager und hellhäutig, ein Spötter und Zyniker, der damit nur notdürftig seine romantische Ader kaschierte. Er war ein Jahr älter und mußte die Sexta wiederholen, weil er sich im Jahr davor hochnäsig dem Unterricht verweigert hatte und fatalerweise davon überzeugt war, damit durchzukommen. *Warum schließe ich mich gerade ihnen an? Es gibt zwei Hochbegabte, von denen man schon jetzt weiß, daß sie ihren Weg machen werden, und da ist ein freches Mädchen, das bereits so prall ist wie eine junge Frau. Warum nicht sie? Auch hier scheint sich <die Instanz> eingemischt zu haben, aber wozu? Wie viele Erfahrungen brauche ich, bis das eigene Ich das Kommando übernimmt? Oder werde ich immer nur die Puppe sein, durch die mein Bauch redet?*

Es war Zeit fürs Abendessen, draußen dämmerte es bereits, leichter Nieselregen fiel, als Zeff in seinem Zimmer durch die geschlossene Tür hindurch hörte, wie seine Mutter im Windfang geräuschvoll ihren Regenmantel vom Bügel zerrte, kurz danach die Haustür aufriß und nachhaltig hinter sich ins Schloß warf. Er schlüpfte schnell in den Gang vor seinem Zimmer hinaus, und mit einer Mischung aus Panik und Genugtuung sah er sie durch das Fenster verzweifelt die Straße hinunterstürmen.

Vorangegangen war eine heftige Auseinandersetzung zwischen ihnen, in der sie Zeff Heimlichtuerei und ein verstocktes Wesen vorgeworfen hatte. Zeff hatte beharrlich geschwiegen und nur ab und zu höhnisch aufgelacht, auch wenn er am liebsten losgeheult hätte. Daraufhin war seine Mutter abrupt aufgestanden und mit einem kurzen Aufschluchzen aus dem Zimmer gestürzt.

Zeff schlich wieder in sein Zimmer zurück und verschanzte sich hinter seinem Schreibtisch. Zu seiner Überraschung trat nach einem kurzen, trockenen Klopfen sein Vater ein. Er fühlte sich sichtlich unbehaglich, blieb in sicherem Abstand stehen und wußte nicht, wie er anfangen sollte. Schließlich ließ er sich mit steifer, tonloser Stimme vernehmen.

"Hör zu, Zeff, deine Mutter ist völlig verzweifelt, sie weiß nicht mehr, wie sie mit dir umgehen soll..."

Sein Vater sah sich um und setzte sich vorsichtig auf Zeffs Bett.

"Weißt du, auch ich habe manchmal meine blauen Stunden, aber das geht vorbei..."

Zeff sah seinen Vater mit gesenktem Kopf aus den Augenwinkeln an und empfand nur tiefe Verachtung für ihn. Warum sprach er von seiner Mutter und fragte ihn nicht nach dem, was ihn niederdrückte? Warum ging es immer nur darum, das Gesicht zu wahren?

Zeffs Vater hielt die Spannung nicht länger aus und stand auf.

"Wenn du etwas hast, ich bin immer für dich da..."

Rasch floh er aus dem Zimmer. Zeff blieb hinter seinem Schreibtisch sitzen und verlor jede Hoffnung, von seinen Eltern jemals verstanden zu werden, dennoch packte ihn die große Angst, daß seine Mutter nicht wiederkommen könnte. *Warum behandeln sie mich wie einen heimtückischen Verbrecher, der nichts anderes im Sinn hat als sie zu quälen? Begreifen sie nicht, daß ich das, was mich umtreibt, nicht in Worte fassen kann und falls doch, ich mich entsetzlich dafür schäme?*

An der Wäschestange unter der Terrasse bereitete sich Zeff auf seine letzte Übung vor, die Klimmzüge. Er ließ die Arme kreisen, atmete tief durch, spannte die Muskeln an, sprang hoch, faßte nach der Stange, zog sich dreißigmal hoch und ließ sich schweratmend wieder auf die Füße fallen. Er nahm ein Handtuch von der Leine, warf es sich über die Schultern, kehrte in den Keller zurück, verschloß die Tür von innen, ging die Kellertreppe hinauf in sein Zimmer, von dort über den Balkon in das Schlafzimmer seiner Eltern und stellte sich vor dem mannshohen Spiegel in Positur.

Zeffs magere Brust hob und senkte sich von den vorangegangenen Anstrengungen, und der Schweiß bedeckte den ganzen Körper, als sei er eingeölt. Noch war kein großer Unterschied zu früher zu erkennen, doch unter seinen Armen, die er nach oben reckte, spannten sich jetzt deutlich zwei Stränge seiner Rückenmuskulatur, und seine Arme und Oberschenkel hatten an Umfang zugenommen. Zeff starrte mit glasigen Augen auf sein Spiegelbild, fühlte das Blut in seinen Adern pochen und die wohlige Wärme in seinem Körper. *Wie sehr doch alles vom Körperempfinden abhängt. Ein bißchen Training, und schon fühlt man sich als Titan.*

Zeff lauerte schon lange darauf, mittags nach der Schule Marielle auf ihrem Nachhauseweg zu begleiten, den steilen Weg hoch, der an der Bäckerei vorbeiführte, die von auswärtigen Schülern umlagert wurde, für die es sich nicht lohnte, zum Essen nach Hause zu fahren, wenn nachmittags Unterricht war. Es war nicht sein direkter Weg nach Hause, und er schloß sich ihr erst an, als ihre Freundin für einmal nicht dabei war.

Es war das erste Mal, daß Zeff mit Marielle allein war, sonst sahen sie sich nur zusammen mit der Clique, und er verlor seine Ungezwungenheit nach wenigen Minuten, so sehr zog sie ihn in ihren Bann. Gerne hätte sich Zeff damit begnügt, Marielles glänzendes schwarzes Haar zu betrachten, das sich bei jedem Schritt wie in Zeitlupe hob, um sich dann umso enger an den Kopf anzuschmiegen, den schwachen, parfümierten Duft einzuatmen, der ihrem Körper entströmte, und ihr einfach nur zuzuhören, doch die gegenseitige Fremdheit war noch zu groß für eine solche Intimität, und so öffneten und schlossen sich ihre Münder und kommentierten mit ernsten und gewichtigen Worten die Widersprüche im Unterricht und die Eigenarten ihrer Lehrer.

Als sie auf den Platz kamen, wo sie sich trennen mußten, fiel es Zeff schwer, die richtigen Worte zu finden. Er verzögerte seine Schritte.

"Marielle? Warte..."

Marielle blieb stehen und drehte sich zu ihm um. Er deutete auf Straße, die nach links abzweigte, sie mußte nach rechts weitergehen.

"Ich muß jetzt da lang..."

"War das nicht ein Umweg für dich?"

"Na ja, zu mir nach Hause sind diese vielen steilen Treppen..."

Forschend sah ihm Marielle in die Augen, und er war sich nicht sicher, ob er nicht ein ironisches Funkeln darin wahrnahm, das verriet, daß sie sehr wohl sein Interesse an ihr registriert hatte, das weit über ein freundschaftliches Geplauder hinausging. Mit einer lasziven Geste, die ihn in seiner Vermutung bestärkte, strich sie sich die Haare aus dem Gesicht.

"Na, dann hoffe ich, es hat sich gelohnt..."

Mit einem leisen Lächeln wandte sie sich um und ging ihren Weg weiter. Zeff starrte ihr nach, und als er die gewundene Straße zu seinem Elternhaus hinaufging, kam es ihm vor, als würde er, wie berauscht von einer unbekannten Droge, leise hin- und herschwanken.

Ein unerklärliches Triumphgefühl, untermischt mit einer ungestüm drängenden und dennoch unbestimmbaren Sehnsucht, die ihm fast den Atem benahm, hielt den ganzen Nachmittag über an und machte ihn stumm und abweisend. Sorgenvoll glitt beim Abendessen der Blick seiner Mutter über sein verschlossenes Gesicht, das er in hilfloser Abwehr über seinen Teller gesenkt hielt, und er war ihr dankbar, daß sie ihm ausnahmsweise nicht mit Fragen zusetzte. *Allein in meinem Bett, denke ich mit Zärtlichkeit und Rührung an Marielle, wie sie neben mir den steilen Weg hinan geht, an ihre schwarzen, indianisch glänzenden Haare, den ernsten, brennenden Blick ihrer schwarzen Augen und die schwache, salzig-süßliche Ausdünstung ihrer Haut. Und fast augenblicklich überwältigt mich die Hitze meines Geschlechts, und ich erschrecke von neuem über die Gewalt und die Roheit, mit der mein Trieb sich Bahn bricht und alles zu verhöhnen scheint, was zart, mitfühlend und unkörperlich ist.*

Heiß und trocken brannte an diesem freien Nachmittag die Sonne vom Himmel und trieb die Schüler der ganzen Stadt scharenweise ins Strandbad, das von dem schrillen, überdrehten, erlebnishungrigen Geschrei aus Hunderten von Kehlen widerhallte.

Auch Zeff wäre gern dabei gewesen, doch er fand sich noch zu dünn und zu unattraktiv. Er stand vor dem großen Spiegel im Schlafzimmer seiner Eltern, das er heimlich von seinem eigenen Zimmer aus über den Balkon betreten hatte, und betrachtete seinen nackten Körper.

Er hatte Fortschritte gemacht, aber in den Filmen, die er mittlerweile sehen durfte, waren die Männer breitschultrig und muskulös, und davon war er noch weit entfernt. Trotzig und voll ohnmächtiger Wut tastete er seinen Körper aufs neue mit seinen weitoffenen Augen ab und blieb an seinem faltigen, haarigen Geschlecht hängen, das wie ein Fremdkörper an ihm herunterhing und sich in der schattigen Hitze plötzlich zu regen begann. Er packte seine Unterhose, schlich in sein Zimmer zurück, warf sich aufs Bett und peitschte sich mit der Hand beinahe gewaltsam bis zur Entladung hoch. *Gierig denke ich an das nackte, rosige Fleisch des Fräulein B., genieße das atavistische Triumphgefühl, das der warme, weißliche Saft in meiner Hand auslöst, und überlasse mich den vagen Empfindungen, die mich nach der plötzlichen Erschlaffung in Wellen zu durchströmen pflegen, eine Mischung aus sehnsuchtsvoller Melancholie, dem bitteren und unklaren Gefühl von Tod und Vergänglichkeit und dem Ahnen um ein Geheimnis, das mir vielleicht immer verschlossen bleiben wird. Und ganz tief drinnen, wie verborgen hinter einem sich im Wind bauschenden Vorhang, stiehlt sich das Bild des Mädchens vom Muttertag in mein Bewußtsein, wie es, vom sommerlichen Gold der Sonne übergossen, schwerelos durch die Straßen schwebt. Warum nur ist die eine Empfindung von der anderen so radikal getrennt? Werde ich jemals begreifen, was es bedeutet, in dieser Welt zu sein?*

Der Samstag nachmittag war wechselnd bewölkt und regnerisch gewesen und von jener dampfigen Schwüle, die den Körper schlaff und die Seele unruhig macht.

Zeff war auf dem Weg zu einem Kino, das seit geraumer Zeit um halb sechs Filme von Regisseuren zeigte, die eher ein spezielles Publikum anzogen – *Antonioni, Fellini, Bergman, Godard, Truffaut, Wajda, Kurosawa, Polanski...* -, Filme, die tief in die Psyche der Menschen hinabtauchten und sich manchmal auch darin verirrten.

Es war Zeff wie eine Befreiung vorgekommen, daß es außer ihm auch andere Menschen zu geben schien, wenn auch nur im Kino, die an sich selbst litten, zweifelten, neben sich standen und nicht wie auf unsichtbaren Schienen unbeirrt durchs Leben glitten. Und so sehr ihn im dunklen Vorführraum diese Geschichten selbstquälerischer Sinnsuche erschütterten, so wurde er doch auch getröstet, und sei es nur dadurch, daß er wußte, er war nicht allein. Diesen Trost fand Zeff im wirklichen Leben nie: Jeder schien eine Rolle zu spielen und alles zu tun, um sich keine Blöße zu geben, und wenn jemand diesem Druck nicht mehr standhielt, verkroch er sich wie ein waidwundes Tier. Und so war die Entdeckung, daß leiden zum Leben gehörte, nur eine halbe Befreiung, denn dieses Leiden lastete wie ein Mühlstein auf den Menschen, und wer davon befallen wurde, war ein Gezeichneter, Heilung gab es keine.

Im Eingang des Kinos standen Marielle und Max, mit denen sich Zeff verabredet hatte, schon ungeduldig herum und sahen sich zum wiederholten Mal die Aushangfotos von <*Eclisse*> an, dem neusten Film von Michelangelo Antonioni, den sie gleich sehen würden. Jean-Claude sparte sich diesen Film, er fand ihn ein bürgerlich-dekadentes Trauerspiel, er wollte seine Freunde später beim Ungar treffen. Als Zeff endlich seine Karte hatte, zogen sie in feierlicher Erwartung in den halbleeren Kinosaal ein.

Als die Lichter wieder angingen, saß Zeff wie betäubt in seinem Sessel. Noch nie hatte er einen Film gesehen, der die Kälte dieser Welt und die Unmöglichkeit einer wirklichen Liebesbeziehung zwischen zwei Menschen so erbarmungslos aufgezeigt hatte wie dieser. Wenn schon diese Menschen auf der Leinwand am Leben scheiterten, die viel mehr Erfahrung hatten als er, was hatte er dann zu erwarten? Beschämt, als könnten die anderen seine tiefsten Gedanken lesen, schob sich Zeff mit einem schiefen Grinsen zum Ausgang und registrierte erleichtert, daß die anderen ebenso beeindruckt waren wie er.

In der Kneipe, die ein Ungar führte, der neben scharf gewürzten Gerichten auch seinen feurigen Rotwein <Stierenblut> servierte und sich gern über seine kopflastigen Gäste lustig machte, tauten alle bis auf Zeff langsam auf. E s herrschte wie immer Hochbetrieb, sämtliche Tische waren besetzt. Das Restaurant war einfach eingerichtet und wurde nur von jungen Leuten besucht. Dauernd kamen neue Gäste, drängelten suchend durchs Lokal, zogen enttäuscht wieder ab oder zwängten sich zwischen Freunde und Bekannte an die vollbesetzten Tische. Vilma, die Tochter des Wirts, machte Polaroids von den Gästen, welche die Fotos begeistert herum reichten.

Eingebettet in das laute Durcheinander saßen Marielle, Zeff und Max beim Essen und unterhielten sich, als Jean-Claude im Eingang erschien. Er machte dem Wirt ein Zeichen und setzte sich zu den dreien auf den Stuhl, den sie ihm freigehalten und mehr als einmal gegen zudringliche Gäste verteidigt hatten. Der Wirt brachte einen Teller mit Gulasch und ein Weinglas und schenkte ihm ein. Jean-Claude nickte ihm zu, erhob sein Weinglas in die Runde und nahm einen kräftigen Schluck.

"Habe ich etwas verpaßt?"

Marielle ließ Gabel und Messer sinken.

"Wir reden gerade über <Eclisse>..."

Zeff schluckte hastig einen Bissen hinunter.

"...ob es die Liebe überhaupt gibt... Alain Delon interessiert sich doch nur für schnelle Autos und seine Geschäfte... von Frauen hat er keine Ahnung..."

Marielle sah Zeff überrascht an.

"Und Monica Vitti?"

"Na ja, sie scheint sensibler, aber im Grunde ist sie auch nur selbstverliebt und kreist um sich selbst... in diesem Film ist alles so hoffnungslos..."

Marielle ließ das nicht gelten.

"Aber sie spürt, daß etwas nicht in Ordnung ist..."

Max hatte schon mehrmals zum Reden angesetzt, jetzt meldete er sich endlich zu Wort.

"...und sie würde sich ändern, wenn ein Mann sie wirklich liebte..."

Marielle streifte Max mit einem erstaunten Seitenblick, auch Jean-Claude sah ihn verwundert an.

"Sieh an... da enttarnt sich einer als hoffnungsloser Romantiker..."

Marielle nahm Max sofort in Schutz.

"Das ist wieder typisch Jean-Claude... kaum redet einer über Gefühle, übergießt er ihn mit der ätzenden Säure seines Sarkasmus'..."

Jean-Claude nahm einen tiefen Schluck aus seinem Weinglas, sein Essen hatte er noch nicht angerührt.

"Gefühle? Daß ich nicht lache... Was unterscheidet uns Menschen denn von anderen Lebewesen? Unser verzweifeltes Streben nach individuellem Glück... Und warum?

Weil wir über die verhängnisvolle Befähigung zur Selbstreflexion verfügen und nicht ertragen, daß wir sterblich sind... dabei ist der Natur das einzelne Wesen völlig egal, sie will einzig und allein, daß sich die Gattung fortpflanzt, deshalb hat sie das Begehren erfunden, das Mann und Frau zusammentreibt..."

Paul, Marielle und Zeff starrten Jean-Claude erschrocken an.

Max reagierte zuerst.

"Aber... wir sind doch keine Tiere mehr..."

Jean-Claude lächelte sardonisch.

"Bedauerlicherweise... denn das bißchen, was wir an Verstand dazugewonnen haben, macht den Verlust unserer Instinkte nicht wett... hat schon Schopenhauer erkannt..."

Max gab nicht auf.

"Du glaubst also nicht, daß es mehr gibt als nur sexuelles Verlangen...?"

Marielle unterstützte ihn hitzig.

"...und es ist eine Illusion, daß sich zwei Menschen lieben, weil sie ähnlich denken und empfinden? Daß sie sich deshalb zueinander hingezogen fühlen?"

Marielle, Max und Zeff hingen gebannt an Jean-Claudes Lippen. Als er zu einer Erklärung ansetzte, trat der Wirt an den Tisch, ein kräftiger, vitaler Mann um die vierzig, und stellte eine entkorkte Flasche Rotwein vor sie hin.

"<Stierenblut>! Auf Kosten des Hauses! Ich möchte euch vier einmal lachen sehen!"

Wie Bleigewichte hatten sich Jean-Claudes Worte in Zeff festgesetzt, er ließ seine Blicke über seine Freunde gleiten und hielt bei Marielle eine Weile inne, die sich erneut mit Jean-Claude heftig stritt. *Plötzlich spüre ich eine bleierne Müdigkeit, eine Vergeblichkeit jeglichen Bemühens, einem anderen Menschen nahezukommen, und begrabe die trügerische Hoffnung, ein anderer Mensch könne dasselbe fühlen wie ich, und ich lasse mich wieder zurückgleiten in meine Höhle, zu dem Mädchen mit dem Goldhaar, meinen Träumen vom Fliegen und Verdämmern in einem dunklen, warmen, magisch oszillierenden Raum.*

Zu Hause schlich sich Zeff in sein Zimmer, zog sich mechanisch aus, blieb auf dem Bettrand sitzen und brach unvermittelt in ein heiseres Schluchzen aus, das ihn heftig schüttelte. Er fühlte sich wie ein leckgeschlagenes Schiff, das langsam und unaufhaltsam in den Fluten versank. *Die Tür zu meinem Zimmer geht auf, und ich spüre den Arm meiner Mutter um meine Schultern, doch ich schäme mich so sehr meiner Verzweiflung, daß ich mich von ihr abwende und meine Tränen im Kissen ersticke.*

Die Maturitätsfeier und die sich daran anschließenden Parties waren vorüber, und allmählich wich das Gefühl von Omnipotenz und unendlicher Freiheit der betrüblichen Einsicht, daß die Versprechungen der bestandenen Prüfung schon bald durch neue und noch härtere Leistungen eingelöst werden mußten.

Zeff war an diesem Wochenende allein zu Hause, seine Eltern waren auf Besuch bei Verwandten, und seine Freunde hatten beschlossen, die Expo in Lausanne zu besuchen, die ihn nicht interessierte. Ziellos wanderte er durch die Stadt und setzte sich schließlich auf die Terrasse eines Cafés, das an der Hauptstraße der Innenstadt lag und einen etwas anrüchigen Ruf besaß. Bald schon fiel eine lärmende Clique junger Leute wie ein Hornissenschwarm über die leeren Stühle her und zerriß die nachmittägliche Stille mit ihrem Geschrei. Unter den Neuankömmlingen war eine lebhafte rothaarige junge Frau mit roten, prallen Lippen, die aussahen, als hätte sie die letzte halbe Stunde nichts anderes getan als leidenschaftlich geküßt.

Wie elektrisiert starrte Zeff zu der Gruppe hinüber, abgestoßen durch das ordinäre, hemmungslose Benehmen und gleichzeitig angezogen durch die unverhüllte Direktheit, die sich im Verhalten der jungen Leute untereinander zeigte. Die junge Frau spürte Zeffs Blicke und lachte ihm ungeniert zu. Langsam löste sich die Gruppe auf, die junge Frau schlängelte sich an Zeffs Tisch heran und sprach ihn überraschend an.

"Bist du allein? Du siehst so verloren aus... komm, gehen wir ein Stück, ich würde dich gerne kennenlernen..."

Zeff war sprachlos, er legte Geld auf den Tisch für seinen Kaffee und folgte der jungen Frau, die vor dem Café auf ihn wartete. Sie faßte ihn locker am Arm und zog ihn mit sich. Sie war nicht viel älter als er.

"Ich heiße Petra, ich komme aus Düsseldorf und wohne nur vorübergehend hier... ich war auf Besuch bei Freunden, und plötzlich gefiel es mir hier so gut... der See, die kurzen Wege, daß man überall gleich im Grünen ist..."

Petra warf einen Blick auf Zeff, der mit ernster Miene neben ihr her schritt.

"Und du? Was ist mit dir?"

"Ich wohne hier... ich habe gerade die Matur gemacht..."

Petra puffte ihn mit dem Ellenbogen in die Seite.

"Und du läufst hier ganz allein herum? Ich wette, ich kenne mehr Leute als du..."

Sie machte ein paar hüpfende Zwischenschritte und wandte sich wieder an Zeff.

"Interessierst du dich für Bilder? Liest du Romane?"

"Ja, und ich gehe gern ins Kino..."

Sie ging rasch ein paar Schritte voraus und stellte sich vor ihn hin.

"Weißt du was? Ich zeichne und schreibe, ich würde dir gerne ein paar Sachen von mir zeigen... es ist nicht weit von hier..."

Zeff ging wie in Trance neben Petra her und hörte gar nicht mehr, was sie sagte, er sah nur noch ihre feuerroten, langen Haare, ihre dunklen Augen, die wie Tollkirschen irisierten, ihren großen, roten, Mund mit den vollen, verletzlichen Lippen und ihre weißen, regelmäßigen Zähne, die beim Reden wie Tennisbälle auf- und abhüpften.

Petra wollte Künstlerin werden, in ihrer Wohnung zeigte sie Zeff ihre Zeichnungen, sprach über ihre Texte und enthüllte ein rastloses, suchendes Wesen, das sein Gegenüber kaum wahrzunehmen schien.

"Die meisten schreiben eine Geschichte und zeichnen dann die Bilder dazu... so funktionieren Comics... ich mache es umgekehrt, bei mir sind immer erst die Bilder da, und dann denke ich mir eine Geschichte dazu aus..."

Zeff starrte Petra an und war nicht in der Lage, ihren

Ausführungen zu folgen, seine Augen saugten sich an ihrem Gesicht fest, und er atmete ihren Duft ein, als könnte er sie dadurch besser begreifen.

Der Abend sank herab, Zeff machte einen Schritt auf Petra zu, umklammerte ihren Leib und küßte sie heftig auf den Mund. Er spürte, wie sich die junge Frau in seiner Umarmung in jenes gesichtslose, heiß pulsierende Wesen verwandelte, das er vor sich sah, wenn das Tier in ihm aus der Höhle kroch und ihn die Hitze übermannte, er fühlte nur noch ihre warme Haut, die Rundungen ihres Körpers, den dumpfen Drang zu explodieren, sich in ihr aufzulösen und die Schwelle vom Traum zur Wirklichkeit zu überschreiten.

Völlig überrumpelt, leistete Petra zunächst keinen Widerstand, doch die Wildheit von Zeffs Begehren schien sie zunehmend zu erschrecken, sie wand sich in seinen Armen und entschlüpfte schließlich seinem Griff. Zeff bedrängte Petra erneut, doch diesmal stieß sie ihn heftig zurück.

"Was ist denn in dich gefahren, glaubst du, ich bin eine Nutte?"

Zeff und Petra standen sich im dämmrigen Wohnzimmer schweratmend gegenüber und starrten sich über die jäh vor ihnen niedergegangene, unsichtbare Schranke ihrer unterschiedlichen Erwartungen hinweg unverwandt an. Petra rührte sich als erste und warf sich deprimiert in einen Sessel.

"Ich dachte, du bist ein sensibler Junge und interessierst dich für mich und das, was ich mache... aber du bist wie alle anderen, die nur an das eine denken..."

Zeff senkte den Kopf, er fühlte sich vernichtet. Er wollte es erklären, doch er verstand sich ja selber nicht.

Wer bin ich? Dr. Jekyll? Mr. Hide? Siedendheiß fällt mir dieser Film ein und daß Dr. Jekyll sterben mußte, weil man zu spät erkannte, daß Mr. Hide nur eine durch Drogen erzeugte Existenzform von ihm war. Doch was ist, wenn Hormone die gleiche Wirkung erzeugen?

Mitternacht war längst vorüber, Marielle, Zeff, Jean-Claude und Max lagen hingeflegelt auf Sesseln und Sofas im Wohnzimmer von Jean-Claudes Eltern, die verreist waren, und hörten Musik oder vielmehr immer wieder das eine Stück: <*Take five*> von *Dave Brubeck*. Sie rauchten, schwiegen, tranken Rotwein und hingen ihren Gedanken nach - vielleicht zum letzten Mal, bevor sich ihre Wege für eine Weile oder für immer trennten.

Am Nachmittag waren sie in einem klapprigen Ponton mit selbstgebasteltem Kabinenaufbau auf dem See gewesen, am Abend in <*Jules et Jim*> von *François Truffaut*, anschließend essen beim Ungar und bei Einbruch der Dunkelheit im alten Jaguar von Max' Vater im Seeland spazierengefahren. Auf einem Feldweg war ein Hase wie panisch im Scheinwerferlicht vor ihnen hergejagt, bevor er plötzlich in der Dunkelheit verschwand, und als sie langsam durch die stillen Dörfer glitten, schaltete Max die Zündung aus und wieder ein, sodaß es knallte wie bei einem Gewehrschuß und die Leute erschrocken an die Fenster eilten.

Zeff fühlte sein Blut pochend durch die Adern strömen, erhitzt und beschleunigt vom Alkohol. Träge und ermattet von dem erlebnisreichen Tag schielte er sinnend zu seinen Freunden hinüber und rief sich den Augenblick in Erinnerung, als er vor dem Rektor stand und, jovial nach seinen Berufswünschen gefragt, statt Lehrer, Anwalt, Arzt oder sonst etwas Seriöses zu sagen, mit stockender Stimme erklärte, er werde nach Paris gehen und Schauspieler werden, ein Bekenntnis, das er selbst seinen Freunden bis zuletzt verschwiegen hatte.

Es war noch gar nicht lange her, er saß allein im Kino und wartete darauf, daß die Lichter endlich erloschen und die eislutschenden, sich gelangweilt unterhaltenden Zuschauer in der Finsternis versanken. Schließlich öffnete sich der Vorhang, und in einer groben, grellroten Schrift blendeten die Vorspanntitel ein: <Bravados> mit *Gregory Peck*. Er spielte einen Farmer, dessen Frau von vier Männern vergewaltigt worden war, und als er sich an drei der vermeintlichen Tätern gerächt hatte, stellte sich heraus, daß es die falschen Männer waren. Zeff bekam von der Geschichte nur wenig mit, zu sehr hing er an dem hageren, männlichen, von düsterer Entschlossenheit verfinsterten Gesicht *Gregory Pecks*, das ihn bis in den Traum verfolgte. *Warum mich der Mühsal des Schreibens aussetzen, warum dieses ohnmächtige Ringen um die richtige Formulierung, wenn es möglich ist, mit dem Körper alles auszudrücken? Wenn man in fremde Charaktere schlüpfen und sich selbst vergessen kann? Ich weiß jetzt, ich will Schauspieler werden.*

Zeffs Gedanken kehrten zum Erlebnis vom vergangenen Wochenende zurück, zur Begegnung mit Petra, die so vollkommen aus dem Ruder gelaufen war, und verzagte. *Diese mächtige Verlockung, diese unaufhaltsame Verwandlung in das tierhafte Wesen, das nichts anderes will als die Befriedigung seines Triebs - wird das jetzt auf ewig mein Leben sein? Was ist mit dem Mädchen mit dem Goldhaar und den heiteren und nachdenklichen Stunden, die ich schweigend oder in grüblerischen Gesprächen mit Marielle verbrachte? Ich frage mich beklommen, ob diese Trennung ewig so bleibt.*

Zeff wartete schon eine ganze Weile auf den Zug nach Paris und ging auf dem Bahnsteig ungeduldig auf und ab. Nervös und bedrückt stand seine Mutter neben seinem Vater, der wie unbeteiligt die Umgebung musterte, und gab auf Zeffs Gepäck acht, seine beiden Koffer, seine Reisetasche und seine Schreibmaschine. *Welcher Teufel hat mich bloß geritten, daß ich freiwillig sämtliche Sicherheitsgurten geöffnet habe, die mich bislang so verläßlich in meinem ruhigen, überschaubaren Leben festhielten, und mich in ein Abenteuer stürze, von dessen Ausgang ich keine Ahnung habe? Der Drang, berühmt zu werden? Auch wenn ich mich insgeheim ein bißchen fühle wie ein Maulwurf, der vom Himmel träumt - es gibt keinen Weg zurück.* Als Zeff wieder einmal an seinen Eltern vorbeikam, machte seine Mutter ein paar Schritte auf ihn zu und flüsterte ihm etwas ins Ohr.

"Hör zu, etwas muß ich dir unbedingt noch sagen... es gibt gewisse Frauen, die in Glitzerkleidern unter dunklen Torbögen stehen und nur darauf warten, junge Männer wie dich zu verführen..."

Ohne eine Erwiderung abzuwarten, trat seine Mutter rasch zurück und sah verlegen zu Boden, fragend sah sein Vater zu ihnen herüber. Zeff ging wortlos weiter und mußte sich beherrschen, nicht laut herauszulachen. Dieses Thema wurde zu Hause sonst immer gemieden, nur einmal hatten sie ihm eine Broschüre mit dem Titel <Du sollst es wissen> in die Hand gedrückt, darin wurden die Veränderungen in der Pubertät beschrieben wie der Übergang in eine chronische, unappetitliche Krankheit. *Es macht mich traurig, daß meine Mutter mich als Schwächling sieht und mir mit ihrer lächerlichen Warnung deutlich zu verstehen gibt, daß sie kein Vertrauen zu mir hat. Mein Vater, auch wenn er unbeteiligt tut, läßt mir wenigstens meine Würde. Noch bevor ich in den Zug einge-*

*stiegen bin, sehe ich vor meinem inneren Auge, wie die
beiden immer kleiner werden.*

6

Natürlich hatte sich Zeff seine Ankunft in Paris nicht als triumphalen Einzug vorgestellt, dennoch war er enttäuscht, wie glanzlos alles vonstatten ging. Der <Gare du Nord> erschlug ihn mit seiner schieren Größe, seinem hallenden Getöse und dem aus Staub und Ruß verkrusteten Dreck, der wie ein dünner Firnis alles überzog, und und dazu zeigte sich der frühe Oktobertag von seiner trüben, nebligen Seite.

Erschrocken hatte er die Gepäckträger zurückgescheucht, die mit bedrohlicher Zielstrebigkeit nach seinen Koffern griffen, obwohl er ihre Hilfe gut hätte gebrauchen können, und quälte sich auf den Vorplatz hinaus, wo ihn erst recht tosende Betriebsamkeit überfiel. Er schob sich durch die Passanten, die achtlos durcheinander liefen, und steuerte auf die Taxis zu, die in langer Reihe am Straßenrand warteten. Er war schon fast vorne bei den ersten angekommen, als plötzlich ein kleiner Mann mit Schirmmütze, auf dem <Taxi> stand, auf ihn zusprang und sich in schlechtem Französisch an ihn wandte.

"Vous voulez taxi? Venez avec moi..."

"D'accord..."

Zeff war froh, sein Gepäck endlich abstellen zu können und überließ es dem kleinen Mann, der es mit einer Behendigkeit trug, als sei es aus Pappe. Das Auto, auf das er zusteuerte, war alt und verbeult, stand etwas abseits von der Schlange und hatte kein Taxischild, doch Zeff war zu sehr in Gedanken, um darauf zu achten. Der Fahrer öffnete den Kofferraum, doch bevor er das erste Gepäckstück darin verstauen konnte, stürzten plötzlich zwei Männer in Lederjacken an Zeff vorbei auf den Taxifahrer zu und zeigten ihre Ausweise.

"Police! Vos papiers..."

Flink wie ein Wiesel verschwand der kleine Mann in seinem Auto und fuhr mit knirschender Kupplung davon, bevor die beiden Zivilbeamten ihn fassen konnten. Sie schienen auch nicht besonders darauf erpicht zu sein, ihn zu erwischen, und redeten stattdessen auf Zeff ein.

"C'est un illégal! Pas d'permission de conduire un taxi!"

"Mais je..."

Sie machten ihm mit vielen Worten klar, daß er nichts zu befürchten habe, und rieten ihm, die Augen offenzuhalten, dann verschwanden sie wieder in der Menge. Ein Illegaler also, der schwarz Taxi fuhr. Was für ein Einstand! *Wie ein begossener Pudel stehe ich da, ein täppischer Provinzler, der sich gleich beim ersten Kontakt in Paris übertölpeln läßt. Zum Glück komme ich aus einer zweisprachigen Stadt und habe keine Mühe, alles zu verstehen. Ich beschließe, mein Mißgeschick locker zu sehen. Der kleine Mann stammte ganz offensichtlich aus Nordafrika, und er wollte bestimmt nichts Böses, sondern nur ein Stück von dem Kuchen, den die Großstadt ihm täglich vor die Nase hält.*

Eigentlich sollte Zeff gleich sein Zimmer beziehen, das er noch von zu Hause aus gemietet hatte, doch die Franzosen nahmen das alles nicht so genau. Daher logierte er sich zunächst in einer billigen Pension am <*Boulevard St. Michel*> ein, die ihm Einheimische in einem Café empfohlen hatten, um das alles zu klären.

Da hatte er noch keine Ahnung, daß er sich mitten in

einem Bezirk bewegte, in dem früher oder später fast alle landen oder gelandet waren, die vom Sehnsuchtsort Paris angezogen wurden, russische Adlige, auf der Flucht vor der Revolution und andere Schutzsuchende, die aus irgendeinem Grund verfolgt wurden, ebenso wie Künstler aus aller Welt, die sich in dieser Stadt die große Inspiration erhofften.

Der erste Eindruck von rußigem Schmutz im *<Gare du Nord>* täuschte nicht, er lag wie ein Schleier über der ganzen Stadt und färbte sie grau. Was Zeff dagegen beeindruckte, war die von Baron Haussman im 19. Jahrhundert im Auftrag von Napoléon III. vollkommen neu konzipierte und rigoros durchgeführte Stadtplanung mit den breiten, prachtvollen Boulevards, flankiert von nur fünf bis sieben Geschosse hohen Gebäuden, gebaut aus den typischen Steinquadern und ausgelegt für Familien verschiedener Gesellschaftsschichten der damals aufkommenden bürgerlichen Gesellschaft.

Während Zeff darauf wartete, von der Vermieterin seines Zimmers zu erfahren, wann er einziehen konnte, besichtigte er die riesige Halle eines Großversands von Haushaltswaren, wo er arbeiten sollte, schon mal von außen, er hatte sich geschworen, seinen Weg selber zu finanzieren. Um Geld zu sparen, ernährte er sich fast ausschließlich von täglich frischer Baguette und Camembert, den er zum Kühlhalten vor das Fenster seines Zimmers stellte. *Der Geruch von Camembert ist für mich auf ewig verbunden mit diesem winzigen, schlecht geheizten Pensionszimmer, das in Paris mein erstes Zuhause war.* In der Zwischenzeit ließ er sich durch die Stadt treiben, was mit der Metro, in der er sich erstaunlich rasch zurechtfand, ein reines Vergnügen war. Und es gab die *<verlorenen Frauen>*, die in knappen Glitzerkleidern unter dunklen Torbögen standen, vor denen ihn seine Mutter gewarnt hatte, tatsächlich. *In der schmalen, verwinkelten Gasse, im fahlen Licht der Straßenlaternen sehen sie aus wie verwunschene Prinzessinnen, die darauf warten, wachgeküßt zu werden, nur daß unter ihren zahllosen Besuchern keine Prinzen sind.*

Mit flauem Gefühl stattete er auch der privaten Schauspielschule, in der er sich eingeschrieben hatte, einen Besuch ab. Sie befand sich in einer riesigen Wohnung etwas außerhalb des Zentrums und war früher wahrscheinlich das Wohnzimmer einer herrschaftlichen Familie gewesen. Die Leiterin, eine ältere, sich leidenschaftlich gebärdende Schauspielerin, die sich Manon nannte, begrüßte ihn weihevoll und gab ihm das Gefühl, daß die Welt nur auf ihn gewartet habe. Sie hatte eine rotgefärbte Löwenmähne, grüne Augen und trug einen chinesischen Umhang. Als sie die Hand hob, um ihn leicht an der Brust zu berühren, fächerte sich der Stoff unter ihrem Arm wie Vogelgefieder auf.

"Tu es un jeune homme très doué, sans aucune doute... ne manque surtout pas le début des cours, c'est important..."

Sie begleitete ihn zur Tür, faßte ihn mit der linken Hand sanft hinten am Kopf und hauchte ihm einen Kuß auf die Stirn, umweht von einem schweren Parfüm.

"A bientôt..."

Zeff war schwindlig, als er die alte Holztreppe zur Haustür hinunter ging, doch auf der Straße schritt er mit geweiteter Brust. *War es doch kein Fehler gewesen, nach Paris zu gehen? Ich stelle mir mein neues Leben großartig vor, tausend Wege führen dahin, alle im hellen Lichterglanz, vergessen ist der schmale Pfad zu Hause, auf*

*dem Ängste und Entbehrungen meine einzigen Begleiter
waren.*

Das Zimmer, das er endlich beziehen konnte, lag in
der Nähe der Metrostation <*Stalingrad*>, ein Arbeiter-
viertel, in dem auch seine Arbeitsstelle war. Es war nicht
das, was er aus seiner Heimat kannte, ein enges Verlies
mit einem Waschbecken und fließend Wasser, ohne Dusche, die Toilette, ein Stehklo, befand sich draußen im
Treppenhaus und war für alle zugänglich. Aber es war ja
nur eine Schlafgelegenheit.

Zu seiner Überraschung machte ihm die Arbeit in dem
Versandhaus für Haushaltsartikel viel Spaß, er trug einen
blauen Kittel und mußte die Bestellungen, die aus ganz
Frankreich eintrafen, aus den Regalen aus allen Stockwer-
ken zusammensuchen, in einen Wagen packen und in die
Zentrale hinunter fahren, wo sie in Kartons verpackt und
verschickt wurden. Es gab alles, was man im Haushalt so
brauchte, Kaffeemaschinen, Teekannen, Töpfe, Pfannen,
Knoblauchpressen, Toaster. Es war alles gut organisiert,
aber ohne Hektik. Mittags suchte er ein Bistro um die
Ecke auf, in dem das Essen fünf Francs kostete. Es gab jeden Tag Fleisch, verschiedene Beilagen und Gemüse, und
da Zeff sich angewöhnt hatte, ein Glas Wein zum Essen
zu trinken, stand immer eine Flasche mit seinem Namen
auf seinem Tisch.

Aus alter Gewohnheit spielte er anfangs als leiden-
schaftlicher Handballer bei einem Verein seiner Lands-
leute mit, doch da die Halle in der Banlieue lag, die nur
umständlich zu erreichen war, beendete er schweren Her-
zens und bevor seine Schauspielkurse begannen, seine
Mitgliedschaft. Das große Abenteuer konnte beginnen,
und Zeff hatte das Gefühl, daß alles möglich war. *Auch*

wenn ich weiß, daß das nur geliehene Empfindungen sind, macht diese Stadt mich groß, die Seine mit ihren trägen Ausflugsdampfern, die Boulevards mit ihrem hektisch dahinfließenden Verkehr, die alten Gemäuer, die ihre Bedeutung in die Gegenwart hinübergerettet haben. Ich muß nur darauf achten, daß ich die Bodenhaftung nicht verliere.

Zum ersten Kurs eilte Zeff mit hochgespannten Erwartungen, ein knappes Dutzend junger Leute in seinem Alter hatte sich im Übungsraum versammelt, die genau so nervös waren wie er. Manon, in orientalisch bunte Gewänder gewickelt, war ganz in ihrem Element und versuchte alle zu beruhigen, gleichzeitig ließ sie aber durchblicken, daß nur äußerste Disziplin und volles Engagement zum Erfolg führen werde. Sie schlug Bücher auf, in denen berühmte Schauspieler beschrieben, worauf es in ihrem Beruf ankam und ließ spontan einige ihrer Schüler daraus zitieren. Zeff war erstaunt, wie schwer sich manche von ihnen mit dem Vorlesen taten, obwohl sie doch alle Franzosen waren. Einen kleinen Dämpfer mußte er hinnehmen, als Manon fortfuhr und betonte, wie wichtig eine gründliche Bühnenausbildung sei, er war ganz selbstverständlich davon ausgegangen, daß der ganze Unterricht vor allem auf Film ausgerichtet war. *Wenn ich mich umsehe, frage ich mich, ob das jetzt wirklich für längere Zeit meine Gefährten sein werden, vielleicht sogar Freunde, oder ob sich eher Rivalitäten entwickelten. Zwei Mädchen sind auffallend hübsch, doch sie scheinen sich zu sehr auf ihre Attraktivität zu verlassen. Einem schweigsamen Mädchen, brünett, mit blassem Gesicht und großen dunklen Augen traue ich mehr zu, sie wird zwar nie die glamourösen Rollen spielen wie die großen Filmstars, doch sie umgibt eine Aura der Ernsthaftigkeit und läßt eine emotio-*

nalen Tiefe erahnen, die an Jeanne Moreau erinnert. Falls sie beharrlich bleibt, hat sie sicher gute Chancen, Charaktere wie sie sind im Theater und im Kino immer gefragt. Die Jungs kann ich kaum einschätzen, von präpotent bis ungelenk ist alles dabei, sympathisch ist mir keiner.

Von Sitzung zu Sitzung erlahmte Zeffs Euphorie. Die französischen Bühnenklassiker bildeten die Grundlage der Ausbildung, Atemtechnik, Aussprache und Gestik wurden geübt, nichts erinnerte an die Lässigkeit der Filmdarsteller, die seine Vorstellung von Schauspielerei geprägt hatte. Mußte Brigitte Bardot deutlich sprechen, um die Aufmerksamkeit der Zuschauer zu erregen? Brauchte John Wayne einen anderen Gesichtsausdruck als sein angeekeltes Grinsen? Ein resignierter Augenaufschlag von Monica Vitti genügte, und das Publikum im abgedunkelten Kinosaal seufzte innerlich vor Mitgefühl.

Wie Zeff ging es auch anderen seiner Mitstreiter, doch sie hielten tapfer durch, nur zwei der Jungs und drei Mädchen schienen wie geschaffen für diese Art der Ausdrucksform. Auch Mathilde, die melancholische Brünette, hielt gut mit, auch wenn man schon jetzt klar erkennen konnte, daß aufgrund ihrer Ausstrahlung das physische Spiel, das im Film gefordert wurde, ihre eigentliche Domäne war. Er ging ein paarmal mit ihr spazieren und unterhielt sich mit ihr im Café. Sie wohnte weit draußen in der Banlieue, arbeitete in den <Galeries Lafayette> in der Parfümabteilung, ihre Mutter war Concierge und ihr Vater Zugführer in der Metro. Erstaunlicherweise unterstützten sie ihre Tochter bei ihrem Vorhaben, Fuß zu fassen in der Glitzerwelt des Theaters und des Kinos, vielleicht spürten auch sie ihre Begabung und ihre außergewöhnliche Zähigkeit bei der Verfolgung ihres Ziels. Zeff fühlte sich wohl in ihrer Gegenwart, aber auch etwas befangen,

70

und auch wenn sie auf ihre zurückhaltende Weise attraktiv war, spürte er zu seinem Erstaunen kein spontanes Begehren wie bei den beiden hübschen Mädchen in seinem Kurs, ihre ruhige, auf sich selbst konzentrierte Art schien sie vor billigen Zudringlichkeiten zu schützen, und auch sie selbst machte keine Anstalten, ins Flirten zu verfallen. Auch Mathilde war gern mit Zeff zusammen, sie betrachtete ihn wie einen Bruder, dem sie alles anvertrauen konnte. Ihm fiel nur auf, daß sie sich sehr zurückhielt, wenn es um sein Talent ging und seine Zukunftsaussichten.

"Tu as tout c'qu'il faut, c'est une question de persévérance..."

Du kannst es schaffen, es ist eine Frage der Ausdauer. Das Lächeln, das sie hinterherschickte, war ebenso vieldeutig wie ihre Worte. *Dennoch, da ist sie wieder die Leichtigkeit, dieses Gefühl des Schwebens und des ruhigen Atmens, wenn ich mit Mathilde zusammen bin, gebannt der zermürbende Alltag und die Sorgen um die eigene Existenz, nur ist es eben ein Tagtraum, eine Oase auf der mühsamen Durchquerung der Wüste.*

Es war die Zeit des Sterbens, als Zeff in diesem Herbst nach Paris kam. Zuerst Edith Piaf, von den Franzosen, jungen wie alten, armen und reichen, wie eine Heilige verehrt. Nie wird er vergessen, wie ihre Chansons von tausenden von Plattenspielern in allen Arrondissements auf die Straße hinausdröhnten und in den Hinterhöfen widerhallten: *<Milord>, <Non, je ne regrette rien>* und wie sie alle hießen. *Es ist wie ein Aufschrei gegen das eherne Gesetz, daß jedes Sein endlich ist, sichtbar geworden in dieser Ikone des Chansons, die wie kaum eine andere die Vergänglichkeit besungen hat und jetzt plötzlich nicht mehr ist.*

Dann dieser jugendliche amerikanische Präsident mit seiner glamourösen Gattin, der scheinbar durch seine bloße Präsenz, aber natürlich auch seine Reden und sein Wirken weltweit die Hoffnung geschürt hatte, die Menschheit sei endlich soweit, Kleinmut und Egomanie hinter sich zu lassen und eine Welt aufzubauen, in der jeder seinen Platz fand. John F. Kennedys Ermordung beendete für alle Zeiten diese Träume, und auch die wütenden Proteste der Jugend konnten den Absturz in die Muster alter Feindseligkeiten nicht verhindern, die bis heute andauern. *Zu Hause hängt ein Poster von John F. Kennedy an der Wand meines Zimmers, ich kann eigentlich gar nicht sagen, warum. War es die beinahe kindliche Begeisterung im Ton seiner Reden? Waren es die riesigen Autos, mit denen er durch die ihm zujubelnde Menge fuhr? Seine Aura der Unbezwingbarkeit?*

Ohne groß darüber nachzudenken, ließ sich Zeff die Haare etwas länger wachsen, was ganz gut dazu paßte, daß eine Musikband sich unter den Jugendlichen immer stärker in den Vordergrund spielte, die <Beatles>. Er wurde sogar darauf angesprochen und fand es albern, auch wenn es ihm insgeheim schmeichelte. Doch immer öfters, wenn er sich in ein Café setzte oder an den Wochenenden durch die Stadt streifte, merkte er, daß ihm Männer Blicke zuwarfen oder ihm sogar auf der Straße folgten, auch tagsüber, ältere meistens, die ihm leise etwas zuzischten und dann irgendwann zurückblieben, da er nie reagierte, einige gaben erst auf, wenn er die Haustür aufschloß. Er hatte davon gehört, daß es Männer gab, die sich für Männer interessierten, doch da er nicht einmal wußte, was genau zwischen Männern und Frauen geschah, empfand er diese Aufdringlichkeit als Bedrohung. *Wenn die Hitze in mir aufsteigt, denke ich an Fräulein B.,*

an pralle, selbstgewisse Weiblichkeit, was aber geht in
den Köpfen dieser Männer vor, bei denen ich spüre, wie
sich ihr ganzes Wesen auf ihr Geschlecht verengt, wenn
sie mir mechanisch, mit glasigen Augen folgen? Es macht
mich aggressiv, ich hoffe, ich muß sie mir nicht irgend-
wann mit Gewalt vom Leibe halten.

Jeden Tag ging Zeff in den Haushaltswarenversand zur Arbeit, die schon bald zur Routine wurde. In der Zentrale saß Madame Blondel, eine dralle, lebhafte Person Mitte dreißig, mit porzellanweißer Haut, blauen Augen und schwarzen, halblangen Haaren. Bei ihr landeten die Bestellungen, sie verteilte die Aufträge und wachte darüber, daß in den Paketen, die verschickt wurden, nichts fehlte. Zeff behandelte sie von Beginn an mit einer Art mütterlicher Fürsorge, sie erklärte ihm alles und putzte ihn nicht herunter, wenn er Fehler machte, wie sie es bei anderen tat. Sie hatte ein loses Mundwerk und ließ sich von niemandem etwas gefallen. Zeffs Blicke blieben öfter an ihrem Busen hängen, den sie ungeniert zur Schau stellte, ohne zu merken, daß sie das durchaus registrierte.

Eines Tages gab Madame Blondel Zeff kurz vor der Mittagspause zu verstehen, daß sie ihm etwas zeigen wollte, was wichtig sei für seine Arbeit. Ihre Augen hatten einen seltsamen Glanz und ihre Stimme einen lauernden Unterton, doch Zeff dachte sich nichts dabei.

"Venez, il faut que j'vous explique quelque chose... c'est pour votre travail..."

Die Sirene schrillte, und im Nu war das ganze Gebäude leer. Madame Blondel gab Zeff, der gerade seinen Kittel aufhängte, einen Wink, ihr zu folgen, und lief eilig durch die Gänge mit den hohen, mit Waren gefüllten Regalen. Irgendwo, ganz hinten in einer Ecke, zugestellt von Kartons, die am Vormittag geliefert worden waren, blieb sie stehen und drehte sich zu Zeff um, dann ging alles ganz schnell. Sie stellte sich auf die Zehenspitzen, preßte sich eng an ihn, zog mit den Händen seinen Kopf herunter und küßte ihn heftig auf den Mund. Zeff, völlig überrumpelt, roch ihr Parfüm und spürte ihre Lippen, die nach Himbeeren schmeckten und sich an seinem Mund festsaugten. Sein Geschlecht regte sich und richtete sich auf, und ehe er es sich versah, hatte Madame Blondel ihn losgelassen, ihre Bluse aufgerissen und den Reißverschluß seiner Hose heruntergezogen. Ihre prallen Brüste sprangen ihn an, sie nahm seine Hände und ließ sie eine Weile darauf ruhen, dann sank sie in die Knie, nahm sein steifes Glied in die Hand, stülpte ihren Mund darüber und zusammen mit ihren Händen brachte sie ihn in kürzester Zeit zur Explosion. Sie erhob sich wieder, schluckte alles herunter, sah ihm wie hypnotisierend in die Augen, massierte ihn noch eine Weile, knöpfte sich ihre Bluse zu und war verschwunden. Seit der Sirene war kein Wort zwischen ihnen gefallen. Zeff lehnte sich gegen die Kartons, seine Knie zitterten, und sein Herz klopfte wie verrückt. Verschämt machte er den Reißverschluß zu, er konnte keinen Gedanken fassen. Was war das, was ihm eben widerfahren war? *Ein Gefühl der Leere, der Ohnmacht breitet sich in mir aus, gleichzeitig kann ich nicht leugnen, daß diese gewaltsam erzwungene, mächtige Entladung dieselben Empfindungen auslöste, wie wenn ich es mir selber mache. Diese Instanz in mir, die scheinbar alles lenkt, läßt sie wahllos alles zu, was diesen machtvollen Trieb befriedigt? Es ist, als hinge ich über einem Abgrund und müßte mich mühsam und ganz allein wieder auf sicheren Boden hochziehen.*

Es war keine Frage, daß Zeff Weihnachten bei seinen Eltern verbringen würde, auch wenn er mit einer Art

Taubheitsgefühl an zu Hause dachte. Die Enge, die unausgesprochenen Sorgen, die sich seine Eltern um seine Zukunft machten, die gebremste Vitalität in seiner Heimatstadt, das alles trug wenig dazu bei, seine Begeisterung zu wecken. Und so, wie er es befürchtet hatte, liefen die Tage auch ab. Als Geschenk brachte er eine Kaffeekanne aus Pyrex-Glas mit, in der man den gemahlenen Kaffe direkt mit heißem Wasser übergoß, später schob man einen randdicht schließenden Filter langsam nach unten und preßte so den Kaffeesatz auf den Boden.

Seine Mutter hatte sich viel Mühe gemacht mit dem Essen, und es gab seine Lieblingsnachspeise, Vermicelles mit Meringue und jede Menge Schlagsahne. Doch die Stimmung war gedrückt, und irgendwann brach seine Mutter in Tränen aus.

"Ach, Zeff... was soll bloß aus dir werden... die Schauspielerei ist doch nichts für dich...".

Zeff hätte gerne mit jemand über seine Zweifel und seine Einsamkeit gesprochen, doch mit seinen Eltern war das ausgeschlossen. Stattdessen redete er lässig daher.

"Macht euch doch keine Sorgen... die Direktorin hält sehr viel von mir..."

Er redete noch eine Weile weiter, wie toll sich alles entwickelte, und spürte gleichzeitig, wie ihm das Herz schwer wurde. Am nächsten Tag, diesmal mit weniger Gepäck, stand er zusammen mit seinen Eltern wieder auf dem Bahnsteig und wartete beklommen auf den Zug nach Paris. *Wie die Tentakel eines Tintenfischs umschlingen mich die Ängste meiner Mutter, die zum Teil auch meine sind, und drücken mich nieder. Ich versuche ruhig zu atmen, doch es braucht viel mehr, um wieder in meinen geliebten, leichten Schwebezustand zu gelangen.*

Zurück in Paris erfaßte Zeff grundlos eine jähe, grenzenlose Euphorie. Die Stadt schien nie zu schlafen, ständig waren die Menschen in höchster Erregung unterwegs, und die Ziele, die sie verfolgten, konnte man nur hier und nur mit äußerstem Einsatz erreichen. Mit neuem Mut besuchte er die Schauspielkurse, und die Gespräche mit Mathilde gaben ihm die nötige Energie. In der Arbeit ging alles seinen alten Trott, Madame Blondel behandelte ihn mit der gewohnten Liebenswürdigkeit, als ob nie etwas Außergewöhnliches vorgefallen wäre. Sie machte sich aber auch nicht wieder an ihn heran, nur hin und wieder, wenn er irgendwelche Fragen hatte oder sie ihm etwas mitteilen mußte, blitzte es in ihren Augen, als wollte sie sagen, na, jetzt hast du aber etwas fürs Leben gelernt.

Als es Frühling wurde und sich das Leben allmählich nach draußen verlagerte, verließ ihn wieder die Zuversicht. An den kalten Tagen hatte er die berühmten Clubs und Cabarets besucht, doch er fühlte sich ausgeschlossen, fand nie den Zugang zu dem heiteren Treiben, dem Mitsingen gängiger Chansons, dem Gejohle und Getrampel um die Stars der Szene, und so verkroch er sich noch öfter in die Kinosäle. Er dachte, das würde sich ändern, wenn die Passanten wieder in Scharen die Plätze vor den Cafés belagerten, er würde sich dazu setzen und wie zufällig ein Gespräch anfangen. Doch die meisten, die sich niederließen, waren Gruppen, junge Mädchen, die lachend für eine Viertelstunde Pause machten, Paare, die sich nicht aus den Augen ließen, Geschäftsleute im intensiven Gespräch. Und so saß er meistens einsam an einem Tisch und sah zu, wie in seinen Mitmenschen das Leben pulste.

Wie aus Trotz hängte sich Zeff noch stärker in die Schauspielerei, auch wenn er sich bei den Rezitationen immer hölzerner vorkam. Zwei Ereignisse sorgten dafür, ihn endgültig aus der Bahn zu werfen. Da war einmal dieser Junge aus dem Kurs, der bei seinem Vortrag, in dem es um vergängliche Schönheit ging, nach <*jeunesse*> eine Pause machte, bevor er <*éphémère*> aussprach, weil er dachte, das sei der Name einer Frau, an die er seine Worte richtete, und nicht wußte, daß es ein Adjektiv war, das <*vergänglich*> bedeutet. Es war, als ob durch dieses ebenso banale wie jämmerliche Mißgeschick ein Vorhang beiseitegerissen wurde, er sah sich plötzlich nackt inmitten all dieser anderen Dilettanten, deren Glaube an Glanz und Erfolg nur durch Manons Zauberkräfte am Leben gehalten wurde. Er war so erschüttert, daß er nicht einmal zu Mathilde etwas sagte.

Ein paar Tage später hatte er einen Traum, er war mitten in <*Bravados*>, dem Film mit *Gregory Peck*, der ihn endgültig dazu bewogen hatte, Schauspieler zu werden. *Peck* verfolgte den Indianer, den er als einzigen der vier Männer am Leben ließ, weil er von ihm glaubwürdig erfuhr, daß sie seine Frau nicht vergewaltigt hatten. Es war nicht die Wendung der Geschichte, die ihn dermaßen beeindruckte, es war das Gesicht von *Gregory Peck*, das im Traum noch düsterer, noch kantiger, noch tragischer wirkte. Zeff schreckte aus seinem Traum hoch, und plötzlich fiel es ihm wie Schuppen von den Augen. Er wollte gar nicht Schauspieler werden, er wollte sein wie *Gregory Peck*!

Dieses zweite Erlebnis führte endgültig dazu, daß Zeff den Weg nicht mehr zurückfand in seinen alten Traum. Niedergeschlagen teilte er Manon seinen Entschluß mit, den Kurs abzubrechen, den sie sehr kühl aufnahm.

"Ah! Tu te résignes? Quel gaspillage..."

Manon hob mit ihrem Zeigefinger Zeffs Kinn hoch und sah ihm tief in die Augen.

"J'ai tellement conté sur toi..."

Zeff argwöhnte, daß es ihr in Wirklichkeit egal sei, ob er aufhörte, daß sie nur ans Geld dachte, das ihr nun entging. Mathilde dagegen war sehr traurig, doch sie versprachen sich, in Kontakt zu bleiben. Auf die Frage, was er denn nun tun werde, fiel ihm überraschend leicht und schnell ein, daß er schreiben werde. *Es ist wie eine Befreiung, von dieser Illusion geheilt zu sein, doch tappe ich nicht in die nächste Falle? Es war mir zwar schon immer ein großes Bedürfnis, meine Befindlichkeit auszudrücken, die Welt zu beschreiben, in der ich lebe, aber reicht das, um einmal davon zu leben? Ich beschließe, noch eine Weile in Paris zu bleiben und mich auf meinem neuen Lebensweg auszuprobieren.*

Die sonnigen Tage wurden mehr und tauchten Paris in ein Licht, wie die Touristen es kannten. Zeff fand eine neue, leichtere Arbeit als Aushilfe in einem Büro und zog in ein anderes Zimmer um, in die *Rue de L'Université*, in den vierten Stock zu einer alten Dame, einer früheren Midinette, die er kaum je zu Gesicht bekam. Dort gab es auch nur fließendes Wasser in der Küche und keine Dusche, und in der Toilette stand ein Eimer Wasser zum Spülen, doch sie befand sich wenigstens innerhalb der Wohnung.

Durch den Wegfall der Schauspielkurse dreimal die Woche hatte Zeff plötzlich sehr viel Zeit, und auch wenn ihm die gewohnten mitmenschlichen Kontakte fehlten, fühlte er sich nicht einsam, mit einem gewissen heimlichen Stolz rechnete er diesen Zustand seinem neuen Beruf als Autor zu. Stundenlang ging er spazieren und sog alles in sich auf. Wenn er sich dann hinsetzte, um darüber zu berichten, bekam er eine Ahnung davon, daß Schreiben keine Angelegenheit des Willens war. Diese langen Anläufe, bis endlich der erste Satz niedergeschrieben war, beängstigten ihn anfangs, bis er allmählich Vertrauen zu sich selber faßte und merkte, es war eine Frage der Geduld und des innerlichen Gewährenlassens.

Doch so zufrieden er mit seiner neuen Befindlichkeit auch war, schlichen sich doch Zweifel ein, denn bei dieser Art zu leben fehlten ihm die Erfahrungen, gewissermaßen der Stoff, aus dem er seine Werke schöpfte. Sosehr er sich auch bemühte, er fand nirgends Anschluß, keine Gleichgesinnte, mit denen er sich austauschen konnte, und im Briefaustausch mit seinen alten Schulfreunden fehlte die alte Vertrautheit. Und auch wenn er fließend ihre Sprache sprach, spürte er immer einen Abstand zu den Franzosen, die Fremden gegenüber aus notorischem Chauvinismus ohnehin gerne ihre wie selbstverständlich behauptete Überlegenheit demonstrierten.

Die gelegentlichen Treffen mit Mathilde munterten ihn zwar auf, versetzten ihm aber auch einen Stich, denn es war unübersehbar, daß sie immer mehr aufblühte. Sie, die früher beinahe dürr gewesen war, hatte etwas zugenommen, ihre Wangen waren nicht mehr so blaß, sie sah jetzt entschieden weiblicher und erwachsener aus. Sie arbeitete nur noch halbtags und kam in kleinen Theatern bereits zu kurzen Auftritten, sie hatte ihre Berufung gefunden. Zeff erzählte ihr tapfer von seinen kleinen Geschichten, die er verfaßt hatte, doch da er sie auf Deutsch schrieb, konnte er sie ihr nicht zum Lesen geben. Mit Wehmut dachte er an ihre ersten Gespräche, wie sie sich gegenseitig anspornten und Mut machten, und jetzt trennten sich ihre Wege. Bei ihrem letzten Treffen schenkte er ihr eine Biografie über Jeanne Moreau, und Mathilde legte ihm eine Hand auf seinen Arm, in ihren Augen lag tatsächlich ein feuchter Schimmer.

"Au revoir, Zeff... tu auras toujours une place dans mon coeur..."

Eine Weile blieb Zeff noch in Paris. Er setzte sich nicht unter Druck, doch ihm war klar, daß er im Herbst irgendwo im deutschsprachigen Bereich ein Studium anfangen würde. *Die Tage dehnen sich, der Sprung ins große Abenteuer endet mit einer Bauchlandung. Bereits jetzt denke ich mit Wehmut an all die verpaßten Gelegenheiten, im Leben Fuß zu fassen, Menschen kennenzulernen, mich vielleicht sogar zu verlieben. Und mit Bestürzung blicke ich zurück auf mein grotekes Bemühen, Schauspieler zu werden, das allein meinem unerkannten Wunsch entsprungen war, ein anderer zu sein. Und deshalb wieder meine bange Frage, wer denn nun eigentlich meine Entscheidungen steuert, diese wesenlose Instanz in mir, die bedenkenlos meine atavistischen Triebe entfesselt, oder das, was ich als mein Selbst empfinde? In welche Richtung werde ich als nächstes taumeln?*

7

An der Uni schrieb sich Zeff für mehrere Vorlesungen und Seminare ein. Theaterwissenschaft, Kunstgeschichte, Psychologie und Germanistik, wohlwissend, daß er das erste Semester nur dazu benützen würde, um sich einen Überblick zu verschaffen.

Wie anders war die Atmosphäre hier in der süddeutschen Großstadt, gegen Paris immer noch wie ein großes Dorf, düsterer, gedrückter, und auch die Auswirkungen des Zweiten Weltkriegs zwanzig Jahre danach waren hier stärker spürbar, Kriegsversehrte waren im Straßenbild keine Seltenheit, und der Wiederaufbau fesselte noch alle Kräfte.

Dennoch keimte unter den Jugendlichen bereits so etwas wie ein neues Lebensgefühl auf, weltweit und auch hier. Pop-Bands schossen im Wochentakt wie Raketen in den Himmel und elektrisierten mit ihrem neuen Sound. Kneipen, welche diesem Lebensgefühl entsprachen, öffneten oder waren plötzlich Kult, wie Oasen verteilten sie sich über die ganze Stadt. Flippern wurde zur Leidenschaft, man stand herum, trank zu viel oder kiffte und war ständig in erregte Diskussionen verwickelt. Noch waren sie aus Wut auf die alte Generation nicht auf der Straße, doch wer die Haare etwas länger trug, Schlips und Krawatte als <bürgerlich> verdammte und sich gegen das Joch der täglichen Fronarbeit sträubte, wurde von ihr als <Gammler> beschimpft.

Zeff schwebte mit auf dieser neuen Welle, auch wenn er insgeheim nicht daran glaubte, daß sich die Verhältnisse jemals ändern würden. Er nutzte die Zwischenräume, und als Student gehorchte er ohnehin anderen Gesetzen.

Er saß oft im Kino und las alles durcheinander, *Raymond Chandler, Dashiell Hammett, Scott F. Fitzgerald, Marcel Proust, Theodor Fontane, Edith Wharton* - Autoren, die Geschichten erzählten, doch er las gierig, ungeduldig, ohne rechten Verstand. Etwas lag in der Luft, das nach Entladung drängte. *Mit diesem Verlangen, aus dem starren Leben der Eltern auszubrechen, wächst auch die sexuelle Freizügigkeit, es ist gang und gäbe, daß nach Kneipenschluß Paare zusammen nach Hause gehen, die sich gerade erst kennengelernt haben. Auch ich profitiere von von diesem neuen Lebensgefühl, das mit meinen Erlebnissen in Paris so stark kontrastiert, doch ihm haftet auch etwas Selbstgefälliges an, immer bleibt ein flaues Gefühl zurück, alles ist so leicht erreichbar. Ich sehne mich nach dem großen Kick, nach etwas, das mich überwältigt und das letzte von mir fordert.*

In dem Lokal, das er seit neustem frequentierte, entdeckte er ein Mädchen, das ihn von Anfang an faszinierte. Wenn sie kam, kam sie spät und immer in Begleitung eines Mannes, der älter war als die Mehrzahl der Gäste, die sich hier zum letzten Kneipenstop versammelten. Während sich die anderen Ankömmlinge sofort zu Trauben verklumpten oder sich hektisch durch die Menge kämpften auf der Suche nach Freunden, die sie irgendwo ganz hinten vermuteten, setzte sie sich gleich an den Tresen, bekam ein bläulich schimmerndes Getränk vorgesetzt und rührte sich nicht mehr vom Fleck. Sie war groß, schlank und trug lange, fließende, orientalisch anmutende Gewänder, die nur um den Oberkörper eng anlagen und sonst wenig von der Form ihres Körpers verrieten, ihre schmalen Füße steckten in schwarzen, eng geschnittenen Stiefeletten. So konzentrierte sich die ganze Aufmerksamkeit auf das von weißblondem, langem, welligem Haar umrahmte Oval ihres Gesichts, das von fahler Blässe und glatt wie Elfenbein war, mit einem müden Zug um die lila geschminkten Lippen, einer Nase, die eine Spur zu kurz war, um als edel zu gelten, und Augen, die man nie mehr vergaß. Groß, schwarz, scheinbar ohne Pupillen, waren sie wie tiefe Teiche, die auch das hellste Licht nicht reflektierten. Eine Aura von Künstlichkeit und Neurasthenie umwehte sie, sie wirkte völlig deplaciert in diesem Lokal, das laut war und verraucht und voller sinnlicher Erwartungen. Sie sprach mit niemandem und niemand sprach sie an, als fürchteten alle, daß sie sonst in sich zusammenfiel wie eine tropische Pflanze.

Der Mann, der sie herbrachte und ausstellte wie ein kostbares Juwel, fuhr einen blütenweißen Citroën DS, betrieb ein Fotostudio und versuchte sich bei den jungen Szeneleuten als ihresgleichen anzubiedern. Zeff wunderte sich über das ungleich Paar, vermochte sich aber keinen Reim darauf zu machen, in welchem Verhältnis sie zueinander standen. Dem Mann wuchsen lange, wollige Koteletten, was ihn ungewaschen erscheinen ließ, er hatte kleine, spitze Zähne, und seine Augen waren notorisch gerötet, wie bei jemand, der zu wenig schläft. Er war besonders erpicht darauf, Filmleute kennenzulernen, doch es ging ihm nur darum, an Aufträge zu kommen, und das war in diesem Lokal und um diese Zeit keine gute Idee. So kam er immer wieder mit ihm und Marc ins Gespräch, einem Landsmann von Zeff, mit dem er befreundet und nachts oft zusammen auf der Piste war. Marc war schon länger hier und hatte gerade seinen ersten Kurzfilm abgedreht.

Gegen seinen Willen zog diese weißblonde Diva Zeff immer stärker in seinen Bann, es reizte ihn, diese ätherische Schönheit zu einer Gefühlsäußerung zu provozieren. Wenn die beiden da waren, achtete er darauf, mit ihrem

Begleiter ein paar Worte zu wechseln, um sie allmählich an seine Gegenwart zu gewöhnen, falls sie überhaupt ihre Umgebung wahrnahm. Zu seiner Verblüffung war sie es, die ihn ansprach, als ihr Begleiter sich wieder einmal zu einer Lokalrunde aufmachte und Zeff, dicht neben ihr am Tresen, einen Wein bestellte.

"Habe gehört, dein Freund macht Filme..."

Ihre Stimme war dunkel und überraschend melodiös. Zeff nahm seinen Wein entgegen, sah sie flüchtig an und versuchte so lässig wie möglich zu wirken.

"Ja, er versucht Papas Kino vergessen zu machen..."

"Und? Mit Erfolg?"

Spöttisch, aber nicht herablassend.

"Davon bin ich überzeugt..."

Sie lächelte und nahm einen Schluck von ihrem blauen Getränk.

"Und was machst du?"

"Ich schreibe... im Januar zeigt Marc seinen Film zusammen mit anderen in einem Kino in Solothurn..."

Sie hob rasch den Blick.

"Ist das in der Schweiz?"

"Ja, ganz in der Nähe bin ich aufgewachsen... wir fahren zusammen hin..."

Sie sah ihn eine Weile nachdenklich an, dann machte sie dem Mann am Ausschank ein Zeichen, daß sie etwas schreiben wollte. Der Barkeeper schob ihr einen Rechnungsblock und einen Kugelschreiber hin. Sie notierte etwas, riß den Zettel ab und reichte ihn Zeff.

"Ich bin Mila, ich habe einen Bruder, der schreibt so verrücktes Zeug... ruf mich mal an, dann zeig' ich's dir... aber bitte nicht zu früh, ich stehe nie vor elf auf..."

Mila rutschte vom Hocker und sah an Zeff vorbei auf ihren Begleiter, der seine Runde beendet hatte und nun auf sie zu kam.

"Scheiße, nichts los heute, sind alle besoffen oder bekifft..."

Er faßte Mila am Arm und zog sie vom Tresen fort. Mila warf Zeff einen letzten, tiefen Blick zu, sodaß ihr Begleiter irritiert erst Mila und dann Zeff anstarrte und Mila entschieden zum Ausgang drängte.

Ein paar Tage später rief Zeff Mila an. Sie hatte Zeit, und mit einer Flasche Sekt stand er vor dem Haus, in dem sie wohnte. Die Kälte dieses fahlen Wintertags kroch ihm unter die Lederjacke. Er atmete tief durch und klingelte. Es dauerte eine Weile, bis der Summer ertönte, dann stieß er entschlossen die Haustür auf.

Mila stand lächelnd in der Wohnungstür und ließ ihn wortlos ein. Sie ging barfuß und war in einen hellgrauen <Fruit-of-the-Loom>-Jogginganzug gehüllt, der ihre Schönheit weniger ätherisch erscheinen ließ, dafür bewegte sie sich kraftvoller, als er es in Erinnerung hatte. Zeff streckte ihr befangen die Flasche Sekt entgegen.

"Oh, vielen Dank, in der Küche sind Gläser."

Sie deutete auf eine offene Tür, ging ins Wohnzimmer und drapierte sich auf dem Sofa. Zeff suchte in der Küche nach passenden Gläsern, und als er nervös das Drahtgitter von der Sektflasche abriß, verletzte er sich am Daumen. Innerlich fluchend wickelte er sein Taschentuch um die

blutende Wunde und ging mit der Flasche und den Gläsern ins Wohnzimmer, stellte alles auf dem Couchtisch ab
und schenkte ein. Mila entdeckte sofort sein Ungemach.

"Vorsicht, sonst gibt's rosa Champagner..."

Zeff lächelte gequält.

"Das kann ich sonst besser..."

Er reichte ihr ein Glas, ließ sich mit seinem in einen
Sessel fallen, prostete ihr stumm zu und nahm einen tiefen Schluck. Sie nippte nur daran, legte es beiseite und
griff nach den drei Schnellheftern neben sich auf dem
Sofa.

"Hier, die Ergüsse meines Bruders... ich konnte nie
viel damit anfangen, aber vielleicht eignen sie sich ja als
Vorlage für einen Film..."

Zeff beugte sich vor und nahm ihr die dünnen Hefter
aus der Hand, im gleichen Augenblick klingelte das Telefon. Mila hob entschuldigend die Schultern, ließ sich geschmeidig vom Sofa gleiten und schritt ohne Eile zum
Telefon, das draußen im Flur stand.

Zeff lehnte sich im Sessel zurück und ließ seinen Blick
rasch über das Zimmer schweifen. Es sah geschmackvoll,
aber unbelebt aus mit seinen grellweiß gestrichenen Wänden, den hellen, leinenbespannten Lehnsesseln und dem
dazu passenden, wuchtigen Sofa. Überall hingen Nach-
drucke expressionistischer Maler, dazwischen kunstvolle
Schwarzweißfotos von Mila, Porträts und in luftigen Ge-
wändern, in einer Ecke thronte eine mächtige Musikanla-
ge. Zeff schlug einen der Hefter auf und überflog die ersten Seiten. Es klang alles sehr nach Bukowski, aber ohne
dessen Biß. Dachte sie tatsächlich, daß das ein Filmstoff
sei? Mila hatte inzwischen den Hörer abgenommen, und

Zeff hörte mit halbem Ohr zu.

"Hallo...? Nein, bin gerade beschäftigt... Nein! Ganz sicher nicht! Wir können uns jetzt nicht sehen...! Ja, wie üblich... bis heute abend..."

Mila legte auf, kam ins Wohnzimmer zurück und ließ sich mißmutig aufs Sofa fallen. Zeff ließ den Schnellhefter sinken.

"Dein Freund?"

"Ralph ist nicht mein Freund... er macht Fotos von mir und möchte mich unbedingt exklusiv..."

"Was spricht dagegen?"

"Sieh dich doch um! Perfektes Handwerk, aber es fehlt die Seele...!"

Mila zeigte auf die Fotos an den Wänden, und ihr sonst so maskenhaft ebenmäßiges Gesicht stand auf einmal in Flammen. Zeff sah Mila an, und das Lebendige in ihr, das bis jetzt verborgen gewesen war, griff wie ein Feuer auf ihn über. Eine plötzliche Kühnheit flammte in ihm auf.

"Warum fährst du nicht mit in die Schweiz, da kommst du auf andere Gedanken..."

Mila sah ihn überrascht an.

"Wann ist das?"

"Übernächste Woche, mit dir wären wir zu viert..."

Ihre Gesichtszüge glätteten sich wieder.

"Ich bin dabei... und sag mir wegen meinem Bruder Bescheid..."

Die Fahrt in die Schweiz mit Zeffs kleinem R4 war eine Qual. Die Heizung war bis zum Anschlag aufgedreht, dennoch schien von überallher kalte Luft einzudringen, und durch die Ausdünstung der vier erwachsenen Menschen beschlugen sich die Scheiben ständig von innen. Mila saß vorne neben Zeff, der verbissen das letzte aus dem schwachbrüstigen Motor herausholte. Sie hatte sich in ihren dicken Mantel eingehüllt und versuchte zu schlafen, auf dem Rücksitz waren Marc und dessen Freundin und Hauptdarstellerin zusammengepfercht. Mit angezogenen Knien starrten sie angespannt nach draußen in den lichtlosen Wintertag, als erwarteten sie jederzeit eine Panne oder einen schlimmen Unfall. Nur ab und zu durchbrach eine gemurmelte Unterhaltung das angestrengte Dröhnen des Motors.

Zeffs Eltern kamen mit den modisch verwilderten Gästen überraschend gut zurecht, wohl auch, weil diese trotz ihres bohèmehaften Äußeren alle über passable Manieren verfügten. Lächelnd standen sie in der offenen Haustür, als der R4 gegen Abend dampfend wie eine Lokomotive zum Stillstand kam. Als alle ausstiegen, blickte Zeffs Mutter etwas verwundert von dem blonden Geschöpf zu ihrem Sohn, der verlegen grinsend die Schultern hob. Es gab Salat und Gulasch mit Kartoffeln, und Zeffs Vater stellte eine Flasche Rotwein auf den Tisch. Alle aßen mit großem Appetit, erleichtert, dem engen Gefängnis des kleinen Autos unbeschadet entronnen zu sein. Nur Mila saß bleich und still auf ihrem Stuhl, aß wenig und beteiligte sich kaum an der Unterhaltung. Zeffs Mutter sah einige Male fragend ihren Sohn an, doch Zeff vermied geflissentlich ihren Blick.

Mitten in diese angeregte Atmosphäre schrillte plötzlich das Telefon. Zeffs Mutter erhob sich, entschuldigte sich kurz und ging nach hinten ins Elternschlafzimmer, wo der Apparat stand. Sie kam gleich wieder zurück und verkündete unsicher, eine Mila werde verlangt. Ein kurzer Moment der Irritation, dann standen Zeff und Mila rasch auf, die Tischgespräche gingen weiter. Zeff führte Mila zum Telefon und sagte, er warte nebenan auf sie. Durch die Wand zum Elternschlafzimmer konnte er zwar nicht alles hören, doch aus den Wortfetzen ergab sich dennoch ein Sinn. Am anderen Ende war Milas <Begleiter>, der außer sich schien, daß Mila einfach abgehauen war, aber nicht wegen Zeff, sondern weil Mila in den nächsten Tagen auf den Malediven offenbar vom berühmten David Bailey fotografiert werden sollte, was sie ihm verheimlicht hatte, aus Angst, er würde sie nicht gehen lassen. Anscheinend versuchte er alles, sie davon abzubringen, doch sie beharrte auf ihrem Recht, selbst über ihr Leben zu bestimmen.

Als Mila auflegte, öffnete Zeff die Tür zum Gang und zog Mila in sein früheres Kinderzimmer. Sie setzten sich auf sein Bett, sie war ziemlich durcheinander.

"Das war Ralph... er hat für mich einen Fototermin gebucht... mit David Bailey! Auf den Malediven!"

"David Bailey? Phantastisch! Aber ich dachte, Ralph wollte dich unbedingt exklusiv..."

"Bei diesem Angebot?"

Mila wirkte verärgert.

"Jetzt ist er eben über seinen Schatten gesprungen..."

Hatte Zeff sich verhört? Unmöglich. Es war Mila, die Ralph gebeichtet hatte, Baileys Agentur habe sich bei ihr gemeldet.

"Und wann fliegst du?"

Mila senkte den Blick.

"Morgen..."

"Morgen schon?"

"Um dreizehn Uhr dreißig gibt es ab Zürich einen Flug..."

Mila hob den Kopf und sah ihn lauernd an. Ihre Augen waren undurchdringlich und schimmerten im Licht der Nachttischlampe wie flüssiger Teer.

"Kannst du mich fahren?"

Etwas in Zeffs Brust verengte sich wie nach einem plötzlichen Druckabfall. Mila mußte diesen Trip schon lange geplant haben, und ihn hatte sie auserkoren als Schutzschild gegen Ralph. Er als Person hatte dabei keine Rolle gespielt.

"Klar, kein Problem, aber dann verpaßt du Marcs Film..."

Zeff verbrachte eine unruhige Nacht, und die die Atmosphäre in dem kleinen Auto am nächsten Morgen war frostig, nicht nur wegen der klirrenden Kälte draußen. Mila hatte den anderen erst beim Frühstück von ihrem Fototermin erzählt, und Zeff hatte so getan, als sei das eine großartige Sache, sie müßten nur etwas früher los, damit er die Vorführung von Marcs Film nicht verpaßte, doch seine Freunde ahnten, daß sich dahinter viel Unausgesprochenes verbarg.

Zeff lud Marc und dessen Freundin beim Kino ab und lenkte das Auto, allein mit Mila, Richtung Autobahn zurück. Es war Sonntagmorgen und nur wenig Verkehr, sie kamen gut voran. Mila hatte sich wieder in ihren dicken Mantel gehüllt und rutschte im Sitz nach unten, sodaß nur noch ihre Haare, Stirn und Nase zu sehen waren. Es fiel kein Wort, und Milas beharrliches Schweigen bestärkte Zeff in seiner bitteren Erkenntnis, daß er nur eine beliebige Figur war in ihrem egomanischen Spiel.

Am Flughafen hielt Zeff vor dem Eingang, Mila erwachte wieder zum Leben und holte ihre Reisetasche vom Rücksitz. Zeff schob sein Fenster nach hinten, und Mila beugte sich zu ihm herunter.

"Danke, das vergesse ich dir nie... ruf mich an, wenn wir beide wieder in München sind..."

"Soll ich nicht mit 'reinkommen? Könnte ja sein, daß Ralph irgendwo da drin auf dich lauert..."

Mila hatte sich schon zum Gehen gewandt und drehte sich überrascht zu ihm um, sein bitterer Spott traf sie unvorbereitet. Hinter ihrer Elfenbeinstirn arbeitete es, in ihren schwarzen Augen loderte die Wut, ihr sonst so beherrschtes, ebenmäßiges Gesicht verzerrte sich zu einer häßlichen Grimasse, als sich ihr Mund zu einer Entgegnung öffnete. Dieser Augenblick dauerte nur kurz, sie verkniff sich eine Antwort, drehte sich abrupt um und war im Eingang verschwunden. *Ich sehe Mila nach, diesem prachtvollen Kunstprodukt, und ein verlegenes Grinsen schleicht sich auf mein Gesicht. Ich schalte in den ersten Gang, fahre aber nicht gleich los. Gestern nacht konnte ich vor Enttäuschung kaum schlafen, jetzt macht mir ihr entlarvender Abgang den Abschied leicht und erfüllt mich mit dem befreienden Gefühl, einer falschen Schlange entronnen zu sein. Und doch schwingt noch vieles anderes, Unausgegorenes, mit, eine leise Kränkung, ein schales Gefühl.*

Aus pragmatischen Gründen entschied sich Zeff für Germanistik als Hauptfach und tat nur soviel als nötig, um die erforderlichen Scheine zu erlangen. Daneben schrieb er, las weiter seine Romane und ging oft ins Kino. Mehr denn je hatte er das Gefühl, in Büchern und Filmen mehr über das Leben zu erfahren. Vor allem *Raymond Chandler* hatte es ihm angetan, diese Lakonie in den Personenbeschreibungen und Dialogen, dieses unausgesprochene Gefühl, daß den Menschen in ihrer Anmaßung und Ignoranz sowieso nicht zu helfen sei. Auf die Straße wie seine Kommilitonen ging er nicht, er fand es idiotisch, Plakate in die Luft zu halten und an seine Peiniger Forderungen zu stellen, nach seinem Dafürhalten bestätigte man damit ja nur, daß sie das Sagen hatten, er war überzeugt, daß man mit Handeln mehr erreichte, selber etwas auf die Beine stellen mußte und nahm in Kauf, mit seiner Einstellung als Reaktionär oder noch Schlimmeres abgestempelt zu werden. *Die Erfahrung mit Mila hat mir zwar drastisch vor Augen geführt, daß erotische Anziehung allein keine Gewähr bietet für eine harmonische Beziehung, doch ich bin noch nicht soweit, die richtigen Schlüsse daraus zu ziehen.*

Immer am Sonntag abend bis spät in die Nacht verwandelte sich der riesige Saal im ersten Stock des alten Gemäuers in einen laut dröhnenden Tanzschuppen. Von überallher strömten die Szeneleute herbei, die entweder kein Geld hatten für die schicken Discos oder diese aus Prinzip nie besuchten. Man fühlte sich eher auf dem Land als mitten in einer Großstadt, nur daß hier die Musik schärfer war. Der Raum war schmucklos, mit einem schier endlos langen Tresen, und so gerammelt voll, daß man eine Ewigkeit brauchte, bis man an die Theke gelangte, um sich etwas zu trinken zu holen, und da es keine abgegrenzte Tanzfläche gab, schoben sich die Leute, die ihr Bier oder ihren Wein tranken und in heftige Diskussionen verwickelt waren, immer tiefer in die Mitte vor, bis sie von den Tänzern mit gewagten Rock'n Roll-Einlagen gezielt wieder nach außen getrieben wurden.

Zeff mochte den Laden nicht besonders, auch wenn er gelegentlich selbst tanzte, er war ihm zu laut und zu anonym, aber an dem Tag gab es keine Alternative, wenn man Frauen kennenlernen wollte. Es war nicht schwer, mit ihnen in Kontakt zu kommen, doch nicht mehr so wie früher, als sie sich geschmeichelt fühlten, wenn man sie ansprach, sie waren selbstbewußt, zumindest die meisten, die hierher kamen, und mit dummen Sprüchen konnte man ihnen schon gar nicht kommen.

Zeff hatte lange gebraucht, um herauszufinden, was sie anmachte, und dann waren es doch wieder die altbewährten Eigenschaften, nur in etwas modifizierter Form und in einer anderen Reihenfolge. Ungepflegte Gammeltypen hatten keine Chance, ebenso wenig eingebildete Blender ohne jegliche Selbstreflexion, dazwischen war Raum für viele Kombinationen, doch auch die süßeste Lockenmähne mußte passen, wenn nicht ein Schuß Virilität aus seinen Augen blitzte. Das Spiel war das gleiche geblieben, nur die Karten waren neu gemischt, und das machten sich einige Typen zunutze. Wie oft hatte Zeff beobachtet, wie sie die Frauen ansprachen, aufmerksam zuhörten und auch sonst genau darauf achteten, den neuen Verhaltensmustern zu entsprechen, dann zogen die Pärchen in höchster Erregung engumschlungen ab, um am nächsten Sonntag getrennt wieder aufzutauchen, die jungen Frauen mit einem Gesicht, das deutlich ihre Enttäuschung ausdrückte, die jungen Männer dagegen, sofern sie sich wieder hertrauten, versuchten hinter einer ausdruckslosen, neutralen Miene die Befriedigung zu verbergen, zum Ziel gekommen zu sein.

Zeff mochte solche Spielchen nicht, ob aus Arroganz, weil er dachte, sie nicht nötig zu haben, oder aus Bequemlichkeit, wußte er selber nicht so genau. Er hielt sich für einen osmotischen Menschen und war überzeugt, daß echte Beziehungen ohnehin nur zustandekamen, wenn man seine Energie einfach fließen ließ und gleichzeitig versuchte, die Aura seines Gegenübers zu erspüren. Wenn dann die Gefühlsmembranen zu summen begannen, wußte man, daß ein Austausch im Gange war. Dumm nur, daß mindestens zwei dazugehörten und die meisten lieber einem Schwall von Worten vertrauten.

Zeff war an diesem Sonntag spät gekommen und eher trübsinnig gestimmt, was nicht nur an dem eisigen Winterwetter lag. Seit Wochen trieb er sich in allen möglichen Kneipen herum, ohne daß es ihm gelungen war, Kontakt zu einer der Frauen herzustellen, die ihn schon länger anzogen. Es kränkte ihn ein wenig, aber er spürte, daß er in einer Phase steckte, in der er viel über sich und seine Befähigung zum Schreiben nachdachte und deshalb wohl ziemlich finster rüberkam. Auch heute war er in sich gekehrt und wollte einfach nur dem Treiben zuschauen und sich von der Musik zudröhnen lassen. Er bestellte ein Bier und blieb mit dem Rücken zum Tresen stehen, schon der erste Schluck beförderte ihn in eine wohlige Selbstvergessenheit.

Eine helle Stimme neben ihm bestellte ein Wasser, und Zeff drehte sich reflexartig in die Richtung um, aus der sie kam. Die Stimme gehörte zu einer jungen Frau, die auf einem Barhocker saß und sich mit dem Wasser in der Hand wieder zum Saal zuwandte. Sie war klein und zierlich wie eine Porzellanpuppe, mit mittellangen, kupferroten Haaren und veilchenblauen Augen, die wie gemalt aussahen, und steckte in einem Jeanskleid, das wie eine Uniform wirkte. Ihre Haut war unnatürlich weiß, und das Oval ihres Gesichts mit den leicht auseinanderstehenden Augen, der grazilen Nase, dem schmalen Mund und den regelmäßigen, kleinen Zähnen hatte etwas Katzenhaftes. Zeff sah sie an, sie spürte seinen Blick, lächelte ihm kurz zu und blickte dann wieder reglos in den Saal. Jetzt nahm er auch ihren Duft wahr, ein Hauch von Veilchenparfüm, als hätte sie es passend zu ihren Augen ausgesucht.

Sie war eigentlich nicht sein Typ, aber ihre Erscheinung faszinierte ihn, ihr elfenhaftes und doch sehr feminines Wesen, ihre Art, wie sie mitten in diesem Lärm und den um sie herumwogenden Leibern so statuenhaft ruhig bleiben konnte. Warum war sie überhaupt hier? Zeff sah sie wieder an, sie war bestimmt ein paar Jahre älter als er, und auch diesmal spürte sie seinen Blick.

"Ich bin sonst immer mit Freunden hier, einige sind ganz versessen aufs Tanzen."

Sie drehte sich zu ihm um und lächelte ihn an, als würden sie sich schon länger kennen.

"Ich schaue ihnen dann dabei zu, aber eigentlich unterhalte ich mich lieber..."

Zeff nahm einen Schluck von seinem Bier.

"Meistens tanze ich auch, aber dazu muß ich in Stimmung sein..."

Sie musterte ihn eingehend, ein Anflug von Boshaftigkeit in ihren Augen.

"Scheint heute nicht dein Tag zu sein..."

"Na ja..."

Zeff lehnte sich betont mit dem Rücken gegen den Tresen.

"...auch Mauerblümchen werden manchmal gepflückt..."

Sie lachte ein leises, silbriges Lachen und ließ sich vom Hocker gleiten.

"Ich glaube, ich werde hier nicht alt, war reine Gewohnheit, heute herzukommen..."

Sie blieb einen Augenblick forschend vor ihm stehen. War das eine Aufforderung oder ein letzter Blick zum Abschied? Zeff stellte sein Glas auf die Theke und legte ein paar Münzen dazu.

"Ich denke, ich habe auch genug gesehen..."

Sie wandte sich ab und kämpfte sich wortlos zum Ausgang, Zeff tat es ihr nach und blieb dicht hinter ihr. Draußen standen sie sich unschlüssig in der kühlen Herbstnacht gegenüber, vom Tanzschuppen wummerten leise die Bässe herüber.

"Ich heiße Miriam, ich wohne ganz in der Nähe..."

"Zeff... wenn du willst, begleite ich dich bis zur Haustür..."

"Ein echter Kavalier..."

Sie wandte sich ab und machte sich auf den Weg, Zeff hielt sich an ihrer Seite. Das Gehen gab ihnen Zeit, eine Entscheidung zu treffen oder sie zumindest hinauszuzögern, beide versuchten sich darüber klar zu werden, worauf das hier hinauslief.

Es fiel kein weiteres Wort, bis Miriam auf einen etwas heruntergekommenen Altbau zuhielt, die Haustür aufschloß und sich mit einem fragenden Gesichtsausdruck zu Zeff umdrehte. Hätte er jetzt gesagt: *Okay, ich wünsche dir eine gute Nacht...*, oder sie: *Danke für den Begleitschutz, vielleicht sehen wir uns ja wieder...*, wäre das auch in Ordnung gewesen, aber irgendetwas war zwischen ihnen, das noch nicht erledigt war. Zeff hatte sich schon ein wenig festgesaugt an ihrem femininen Wesen, und Miriam schien irritiert, daß Zeff zwar Interesse an ihr zeigte, aber so wenig tat, um sie für sich zu gewinnen. So sahen sie sich eine Weile ernst und regungslos an, bis Zeff in ein lautloses Lachen ausbrach.

"Als ginge es um Leben oder Tod..."

Miriam entspannte sich augenblicklich und lachte wieder ihr silbriges Lachen.

"Dann entscheide ich mich für das Leben..."

Sie machte einen Schritt in den Hausflur und hielt Zeff lächelnd die Tür auf. Miriams Wohnung bestand aus einer Wohnküche, einem Bad und einem großen Wohnraum. In einer Ecke lag eine riesige Matratze auf dem Boden, in einer anderen stand ein massiver Arbeitstisch aus dunklem Holz, von dicken Stoffballen bedeckt, irgendwo dazwischen zwei bequeme Lehnsessel und ein durchgesessenes Sofa. Überall hingen dunkel gemusterte Tücher von der hohen Decke, offenbar Eigenkreationen von ihr, mehrere verhangene Lampen verbreiteten ein diffuses Licht. Es sah aus wie ein Zimmer in einem verwunschenen Schloß.

Zeff war mitten im Wohnzimmer stehengeblieben, Miriam rückte da und dort einiges zurecht und legte eine Stoffrolle auf den Arbeitstisch zurück, die auf den Boden gefallen war.

"Ich kann dir einen Tee machen, wenn du willst, vielleicht finde ich auch noch einen Schluck Wein..."

Ihr Ton war beinahe geschäftsmäßig geworden.

"Nein danke, ich brauche nichts..."

Miriam kam auf Zeff zu und faßte ihn mit beiden Händen leicht an den Armen.

"Hör zu, ich fühle mich plötzlich ganz müde, ich habe gestern wenig geschlafen... macht es dir was aus, wenn ich mich einfach ins Bett lege? Du kannst hier schlafen, wenn du willst..."

"Nein, das ist schon okay..."

Miriam lächelte erleichtert und verschwand lautlos im Bad. Zeff hörte sie ihre Zähne putzen, die Toilettenspülung ging, dann war sie schon wieder zurück. Sie trug nur noch einen knappen Slip und schien nicht im mindesten befangen, daß Zeff sie halbnackt sah. Sie war schlank, ihre Figur makellos, mit runden, festen Brüsten, die Brustwarzen rosa und kindlich klein. Wie erlöst sprang sie ins Bett, zog die Decke unters Kinn, bibberte theatralisch, als würde sie entsetzlich frieren, und atmete dann tief durch.

"Das ist für mich der schönste Augenblick des Tages, alles Schwere fällt von einem ab und man hat endlich seinen Frieden..."

Zeff war ernsthaft verwirrt, Miriam sandte so viele widersprüchliche Signale aus, daß es ihm schwerfiel, sie zu deuten. Hatte sie es sich anders überlegt, wollte sie einfach nur ihre Ruhe haben? Miriam spürte, wie Zeff sich verkrampfte, lächelte ihm zu und rutschte auf der Matratze ein Stück gegen die Wand.

"Komm, es ist Platz genug..."

Zeff grinste verlegen, zog seine Jacke aus und deutete mit dem Daumen Richtung Bad.

"Bin gleich wieder da..."

Im Bad spülte er mit Zahnpasta flüchtig den Mund aus, wusch sich das Gesicht, ging ins Wohnzimmer zurück, zog sich bis auf die Unterhose aus und schlüpfte zu Miriam unter die Decke. Er wandte sich Miriam zu, die entspannt auf dem Rücken lag, die Hände hinter dem Nacken. Unschlüssig schob er seine Hand auf ihren Bauch und ließ sie dort liegen. Miriam drehte kurz den Kopf und sah ihn an, dann starrte sie wieder an die Decke. Zeff bewegte seine Hand sachte nach oben, umkreiste langsam ihre Brüste und umfaßte sie dann mit der ganzen Hand. Miriam schloß die Augen und ließ ihn reglos gewähren. Zeff rückte näher an sie heran, ließ seine Hand an ihrer Hüfte entlang nach unten zu ihren Schenkeln gleiten, die sich glatt und fest anfühlten, und drückte sie, als wollte er sie massieren. Allmählich spürte er die Hitze in sich aufsteigen, sein Hand drängte zwischen ihre Beine und unter den Slip. Miriam regte sich plötzlich, stieß mit einem sanften, aber entschiedenen Griff seine Hand zurück und stützte sich auf einen Ellbogen auf.

"Tut mir leid, ich bin noch nicht soweit, ich haben einen Freund, von dem ich mich gerade trenne..."

"Soll ich gehen?"

"Nein, nein, du hast so zärtliche Hände, mach weiter, wenn du es ohne schaffst..."

Sie strich ihm mit der Hand sanft übers Gesicht und küßte ihn leicht auf Wange und Stirn. Zeff war völlig durcheinander. Noch nie hatte er mit einer Frau im Bett gelegen, die nichts anderes wollte als gestreichelt zu werden. Alles an Miriam stachelte ihn an, ihre lockende

Nacktheit, ihre glatte Haut und der Veilchenduft, der sich mit ihrem eigenen Geruch vermischte. Zeff war erregt und kurz vor der Schwelle, wo es kein Zurück mehr gab, doch Miriams leise Bitte, die keine Zurückweisung war, und ihr Mut, sich ihm anzuvertrauen, lösten ein Echo aus, und etwas in ihm gab nach.

"Ich versuche es, aber du machst es mir schwer..."

Zeff schlug die Decke zurück und streckte wieder die Hand nach ihr aus, sie hatte sich jetzt auf den Bauch gerollt. Wie in Trance liebkoste er diesen schutzlosen, nackten Körper und fühlte sich Miriam näher, als wenn er in sie eingedrungen wäre. Miriam seufzte tief auf, drehte sich halb zu Zeff herum, fuhr im nochmal zärtlich über Gesicht und Haare, küßte ihn flüchtig auf den Mund, drängte sich mit ihrem Gesäß an seinen Bauch und war in kürzester Zeit eingeschlafen. Zeff war jetzt hellwach und dachte etwas hilflos über das Erlebte nach, das jetzt schon der Vergangenheit angehörte.

Der Morgen war ernüchternd, aber nicht peinlich. Zeff war früh aus einem kurzen Schlummer hochgeschreckt und hatte sich rasch angezogen, jedes Geräusch vermeidend, dennoch wachte Miriam auf. Sie schob sich an der Wand in eine sitzende Stellung hoch, die Decke um sich geschlungen, und beobachtete Zeff, wie er im fahlen Morgenlicht seine Schuhe band. Zeff lächelte ihr zu, zog seine Jacke an und kniete sich neben der Matratze vor sie hin.

"Diese Nacht werde ich mein Leben lang nicht vergessen..."

Er küßte sie leicht auf die Lippen.

Miriam strich sich die Haare aus dem Gesicht.

"Unvollendet, aber für mich war es sehr schön..."

Leise Melancholie schwang in Miriams Stimme. Die anfängliche Unbestimmtheit ihrer Begegnung hatte jetzt eine andere, intimere Tönung, trotzdem wußten beide, daß es keine Fortsetzung gab. *Verpasse ich etwas, habe ich etwas versäumt? Ich gehe zur Wohnzimmertür und werfe einen letzten Blick zurück. Miriam liegt wieder ausgestreckt auf der Matratze, in die Decke eingehüllt, es ist nichts mehr von ihr zu sehen.*

Je radikaler die Jugend auf die Barrikaden ging, desto schneller bildeten sich aus der anfänglich mächtigen Bewegung Untergruppen und sektenähnliche Vereinigungen, die bald mehr untereinander im Clinch lagen als mit dem verhaßten <Establishment>. Zeff fühlte sich in seiner Haltung bestätigt und sehnte sich nach einem weiblichen Wesen, das etwas anfangen konnte mit seiner Befindlichkeit und seiner Art, die Welt zu sehen, doch immer wieder kam ihm sein drängendes Begehren in die Quere und seine grotesk übersteigerte Erwartung, hinter der nächsten Wegbiegung könnte eine noch tollere Frau auf ihn warten und dann noch eine und noch eine... *Dieser fiebrige Zustand, dieses brodelnde Chaos in mir beängstigt mich, macht mich einsam, vernebelt mir das Hirn und stellt mich letztlich vollständig in Frage. Wie kann ich schreiben, wenn ich durchs Leben taumle wie ein Süchtiger, der nicht einmal weiß, wonach?*

Als Zeff die Wohnung betrat, war die Party in vollem Gange. Im kahlen Flur, ohne ihn zu beachten, lehnten die üblichen Typen mit glasigen Augen an der Wand, die Bierflaschen fest im Griff, und ruckten mit ihren Köpfen im Rhythmus der Musik wie Reptilien vor und zurück.

Zeff schob sich durch die Menge, Hitze schlug ihm entgegen, junge Frauen mit verrutschten Tops pflügten kreischend durch die Zimmer, dann stand plötzlich Marc vor ihm.

"Na, Alter, die Hälfte hast du verpaßt.."

Zeff umarmte seinen alten Freund und nahm hinter ihm fast unbewußt eine Frau wahr, an welcher der ganze Trubel abzuperlen schien. Marc deutete mit dem Daumen auf sie.

"Das ist meine Freundin Manuela, ich glaube, du kennst sie noch nicht..."

Manuela lächelte, hob ihr Weinglas und prostete Zeff stumm zu. Zeff imitierte ein nichtvorhandenes Glas und prostete Manuela stumm zurück. Marc stieß Zeff in die Seite.

"Komm mal mit, da hinten ist die Hölle los..."

<Da hinten> war das Wohnzimmer und die Stereoanlage, die Gäste waren betrunken und tanzten wie Zombies durch alle Zimmer.

In der Tür zum Wohnzimmer blieb Marc neben Zeff stehen.

"Kein schöner Anblick, wenn man nüchtern ist, also halt dich ran..."

Marc grinste Zeff zu und kämpfte sich durch das Gewoge in den Flur zurück. Zeff sah sich um, holte sich ein Bier aus dem Kasten, der neben der Tür stand, lehnte sich an die Wand und sah dem wilden Treiben mit gemischten Gefühlen zu. Sein Wunsch nach einer Beziehung, der immer stärker in ihm wurde, trieb ihn auf alle möglichen Parties, bisher waren jedoch nur die üblichen flüchtigen

Bekanntschaften daraus geworden. Aus den Augenwinkeln taxierte er die anwesenden Frauen und versuchte wie üblich, die für ihn attraktivste herauszufiltern. Es war wie ein Zwang, dem er nicht widerstehen konnte, quälend und nutzlos, denn er versuchte anschließend nie, diese Frauen anzumachen, es reichte ihm das heimliche Wissen und ein Gefühl der Macht über sie.

Zeff hatte gerade eine kleine, schlangenartige Blondine in engen Jeans zu seiner Favoritin auserkoren, die mit ihrem üppigen, unter ihrer Bluse mit Spaghettiträgern wogenden Busen völlig enthemmt alle Jungs antanzte, als sich plötzlich das Gesicht von Manuela in sein Blickfeld schob.

"Endlich hab' ich's kapiert... Eva hat Adam nicht mit einem Apfel verführt, sondern mit zwei..."

Zeff sah rasch zu ihr hinüber, es war ihm peinlich, von ihr so offenkundig als Voyeur ertappt worden zu sein, doch Manuela schien das eher zu amüsieren.

"Wenn ich ein Mann wäre, würde ich sie auch so anstarren..."

Zeff lächelte schwach.

"Das ist aber großzügig von dir..."

"Ach was... Frauen zeigen es nur nicht so offen, wenn ihnen jemand gefällt..."

Zeff faßte Manuela genauer ins Auge. Sie hatte ein feingezeichnetes, offenes Gesicht, umrahmt von halblangem, rötlich schimmerndem Haar, ihre Augen waren dunkel und wach mit einem Anflug von Melancholie und einer Ahnung von Vergeblichkeit.

"Eigentlich wollte ich gar nicht kommen, diese Parties

laufen ja doch immer nach dem gleichen Muster ab..."

"Ich finde es amüsant, man kann eine Menge über Menschen lernen..."

Zeff musterte Manuela verstohlen von der Seite. Machte sie sich wieder lustig über ihn? Offenbar nicht, denn sie schenkte ihm ein warmes Lächeln und rückte noch ein bißchen näher an ihn heran.

"...aber wenn du willst, können wir auch woanders hingehen..."

Zeff sah überrascht hoch.

"Bist du nicht die Freundin von Marc?"

Manuela lachte still in sich hinein.

"Wir waren ein paarmal in der Mensa zusammen essen und haben sehr ernsthafte Gespräche geführt... für mich muß schon etwas mehr dabei sein..."

Zeff sah Manuela prüfend an, und auf einmal wich jegliche Anspannung von ihm. In ihrem Blick, der sanft auf ihm ruhte, mischte sich eine unbestimmte Sehnsucht mit einem Hauch ängstlicher Erwartung. Zeff stieß sich von der Wand ab.

"Dann laß uns gehen, mich hält hier nichts..."

Zu Hause bei Manuela, in ihrer kleinen Zweizimmerwohnung, zogen sich beide wortlos aus, wie zu einem ernsten Ritual. Ihre Körper fanden sich und verschmolzen wie selbstverständlich ineinander. Manuela war die Lockende, Gewährende, die sich bedingungslos fallen ließ. Zeff spürte ihre Hingabe und erwiderte sie, von jeher empfänglich für den machtvollen, verführerischen Zauber der Weiblichkeit.

Zeff verbrachte danach die meiste Zeit bei Manuela, die als Journalistin oft für eine lokale Zeitung unterwegs war. Nur wenn sie zu Hause herumtelefonierte und ihre Artikel schrieb, arbeitete er in seiner Wohnung, wo er sich besser konzentrieren konnte. In kürzester Zeit waren sie wie ein eingespieltes Paar, das sich schon ewig kennt, die Kneipen und das nächtliche Herumtreiben hatten für Zeff ihren Reiz verloren. Manuela liebte es zu kochen, aber auch Zeff verstand es überraschend, einige Gerichte zuzubereiten, das hatte er während seines Alleinlebens gelernt, und so saßen sie abends beim Essen zusammen, tranken Wein und und vertrauten sich einander an.

Als Zeff an einem heiteren Sommertag in seiner Wohnung über einer Kurzgeschichte brütete, die sein erster großer Wurf werden sollte, überkam ihn wie aus dem Nichts ein Gefühl von Panik. Ohne Überlegung hatte er sich auf eine fast symbiotische Zweisamkeit mit Manuela eingelassen und spürte auf einmal eine Beengung, eine Begrenztheit, die er nicht mit diesem tiefen Gefühl für sie zusammenzubringen vermochte. Aber empfand er das wirklich für sie, war es nicht viel eher so, daß Manuela ihn mit ihrer Zuneigung derart überwältigte, daß er glaubte, er liebte sie so wie sie ihn? Oder war er so beschädigt, daß er ihre Liebe nicht annehmen konnte, ihr nicht traute, sich nicht als liebenswert erachtete? Oder schlimmer noch, brauchte er die Ablehnung, um eine Frau zu begehren und zu lieben, weil er dann sicher war, daß nichts daraus wurde und er seine Unabhängigkeit nicht verlor? Jeder andere wäre froh gewesen, mit einer Frau wie Manuela ein Leben aufzubauen, was also war los mit ihm? Das Telefon klingelte, es war Manuela, sie teilte ihm mit, daß ihr Artikel morgen erscheinen würde und daß sie das unbedingt feiern wollte.

Der Abend war wie immer, Manuelas wärmende Zuversicht umhüllte ihn wie ein Mantel, sie aßen und tranken in einem überfüllten Lokal, und im Bett war es so intensiv wie nie zuvor. Als sie endlich zur Ruhe gekommen waren, schlug Manuela vor, ein paar Tage in die Toskana zu fahren, sie mietete dort immer ein Häuschen, und zum Meer war es auch nicht weit. Zeff legte träge eine Hand auf ihre Hüfte und nickte dazu, doch das konnte sie ja gar nicht sehen.

"Ja, das machen wir..."

Sie warteten seine Semesterferien ab und waren mit Manuelas Auto schon fast aus der Stadt, als Zeff einfiel, daß er unbedingt noch Geld abheben mußte. Vor der Bank, die er erspähte, war kein Parkplatz frei, so fuhr Manuela ein Stück um die Ecke.

Zeff holte seine EC-Karte heraus und schob sie in den Automaten. Aus den Augenwinkeln sah er ein paar Schritte vom Eingang zur Bank entfernt zwei Frauen, die sich lebhaft unterhielten. Diejenige, die er von vorne sah, hatte lange, schwarze Haare und trug ein schwarzweißes, klein gepunktetes Sommerkleid, das ihre schlanke und zugleich üppige Figur betonte. Zeff hatte schon den rechten Zeigefinger zur Eingabe des Codes erhoben und ließ ihn wieder sinken. Die Frau war jung und lebendig, ihre Augen blitzten, sie lachte und gestikulierte, und ihr Anblick versetzte ihm einen gewaltigen Schlag. *Warum gerade sie, und warum gerade jetzt? Ohnmächtig fühle ich, wie sie meine Zweifel wieder schürt, die mich neulich beschlichen haben und eine Sehnsucht weckt oder vielmehr ein heißes Verlangen, das ich nicht kontrollieren kann. Warum ist mir Manuela nicht genug? Bin ich ewig verdammt zur Suche nach diesem ultimativen Kick? Aber gibt es das überhaupt, was ich mir ersehne, und falls ja, werde ich dessen je teilhaftig sein? Stärker noch als damals, als ich*

es als Junge nicht wagte, auf dem Jahrmarkt ein Mäd-
chen anzusprechen, um es zu einer Fahrt auf dem Riesen-
rad einzuladen, empfinde ich alles um mich herum als et-
was Abgetrenntes, als verzerrtes Abbild meiner brennen-
den Wünsche, und wieder ergreift mich dieses lähmende
Gefühl von Vergeblichkeit. Zeff senkte den Kopf, Tränen
traten ihm in die Augen, aber er konnte nicht zurück.
Rasch schaute er um sich, ob ihn jemand beobachtete,
dann hastete er durch die Einkaufspassage auf die andere
Seite des Bürogebäudes. Er erblickte ein U-Bahn-Schild
und rannte blindlings die Treppen hinunter.

Das Erlebnis mit Manuela versetzte Zeff für eine Weile in eine Art Schockstarre. Immer intensiver erlebte er
seinen Alltag und die Welt seiner Romane und Filme, die
er als wirklicher und verständlicher wahrnahm, als ge-
trennte Bereiche, zwischen denen es nur rudimentäre Be-
rührungspunkte gab. Er traf sich nur mit wenigen Freunden, die auf der gleichen Wellenlänge waren, wie Marc,
der es inzwischen auf die Filmhochschule geschafft hatte,
und seine Beziehung zu Frauen beschränkte er nach Mög-
lichkeit auf flüchtige Begegnungen, bei denen er mit
schlechtem Gewissen seinen Trieb befriedigte.

Die Jugendrevolte war mittlerweile auf ihrem Höhe-
punkt angelangt und zwang die verkrustete Gesellschaft
zum Dialog und zur Auseinandersetzung mit der unbe-
wältigten Vergangenheit. Doch es gab Kräfte, denen das
nicht genügte, schon trübten erste Formen gewaltsamer
Proteste diesen ungeahnten Erfolg, und der Kalte Krieg
spaltete die Menschen überall auf der ganzen Welt, ob sie
es wollten oder nicht, in zwei feindliche Lager. *Es können*
hundert Menschen nicht in Frieden leben, wenn zehn
davon nach Macht und Besitztum gieren. Ein junger Bär

trottet seiner Mutter hinterher und macht alles nach, was sie ihm vormacht, um zu überleben. Eine junge Frau bückt sich, wühlt in der Erde und prüft, ob sie fruchtbar ist. Ein junger Mann steigt auf einen Hügel, blickt über das Land, nimmt es in Besitz und schießt auf jeden, der es zu betreten wagt.

Zeff beendete sein Studium und fand einen Verlag, der einige seiner Kurzgeschichten in einem Sammelband mit Gegenwartsliteratur herausbrachte. Auch wenn es keine Kampfschriften waren wie sie gerade Mode wurden, waren sie doch sehr persönlich, und auch das kam gut an beim Lesepublikum. Ermutigt durch diesen Erfolg, beschloß er, in der Stadt zu bleiben, wo er studiert hatte, fand Arbeit als Lektor, wenn auch schlecht bezahlt, und nahm seinen ersten Roman in Angriff. Er folgte seinem Credo, daß ein Autor mit der Wahrhaftigkeit seiner Geschichten überzeugen müsse, nicht mit seiner Gesinnung. Er orientierte sich am hartgesottenen, direkten Stil Raymond Chandlers, ohne ihn zu imitieren oder billige Amerikanismen einzustreuen. Er war überzeugt, daß ein spannend geschriebener Thriller mit präziser, ambivalenter Charakterzeichnung und Milieuschilderung genauso viel über die Gesellschaft auszusagen vermochte wie ein politisches Pamphlet, vielleicht sogar mehr, weil man dort gezwungen war, sich sehr genau und detailgetreu auszudrücken.

Er nannte seinen Thriller <Infight> - ein desillusionierter Polizist, *Kowiak*, verfolgt schon lange vergeblich einen Mann namens *Fromberg*, der als Deckmantel einen Pelzhandel betreibt, aber mit Mafiamethoden nebenbei Geld mit ganz anderen Geschäften scheffelt. Sein ganzer Stolz ist sein Boxstall und ein junger Mittelgewichtler, der schon bald um die Weltmeisterschaft kämpfen soll. Als im Pelzlager ein Mord geschieht, gerät *Fromberg* in Verdacht, doch erst, als *Kowiak* anonym ein Videoband zugespielt wird, das *Fromberg* beim Sex mit einem Zögling zeigt, ist *Kowiak* am Ziel: *Fromberg* gesteht lieber einen Mord, den er nicht begangen hat, als in der Boxwelt als Homosexueller sein Gesicht zu verlieren...

Marc war begeistert von der Geschichte, und zusammen schrieben sie das Drehbuch für einen Kinofilm. Marc überzeugte einen Produzenten und hatte im Nu die Besetzung zusammen, nur die öffentliche Förderung spielte nicht mit. Mit grämlicher Indigniertheit wurde moniert, daß das Drehbuch zu sehr nach amerikanischen Erzählmustern verfaßt worden sei.

Marc kam beim Fernsehen unter, und Zeff versuchte eine Weile vergeblich, seinen Thriller bei einem Verlag unterzubringen, was im deutschen Sprachraum ohnehin kein leichtes Unterfangen war. Unterhaltung, auch mit Niveau, war den Literaturkritikern schon immer suspekt. Bunte, poppige Texte waren gefragt, politische Bekenntnisse und Utopien oder bleischwere Seelenerkundungen - Bauchnabel-Literatur, wie Zeff es nannte. Als Lektor dagegen war er gefragter denn je, gerade wegen seiner Befähigung, hinter die Manuskripte zu sehen. *Wie schnell sich mein Leben verändert, oder ist es ein schleichender Prozeß? Als ich nach Paris ging, kletterte ich die Himmelsleiter empor, jetzt springe von Felsen zu Felsen über einen reißenden Fluß. Es macht mich müde und niedergeschlagen, daß alles, was ich instinktiv und nach reiflicher Prüfung als richtig erkenne, von den Menschen um mich herum kopfschüttelnd und mitleidig lachend als Hirngespinst abgetan wird. Ich fühle mich wie ein Satellit, der aus der Umlaufbahn gerät und auf Nimmerwiedersehen in den Weltraum abdriftet.*

Zeff versuchte noch eine ganze Weile, seinen Weg zu gehen, vergeblich baute er seinen Thriller zu einer Trilogie aus. Das Leben um ihn herum wurde immer flacher, die Produktivkräfte dagegen wuchsen ins Gigantische, die Menschen versuchten mit allen Mitteln, dem beengten Arbeitsalltag zu entfliehen. Als dann auch noch der Westen über den Osten triumphierte, schien der Traum wahr zu werden von einer unermeßlichen, ganz dem Genuß geweihten Freizeitwelt. *Immer machen die Menschen Mißerfolge an irgendwelchen Systemen fest. Auch jetzt, nachdem der Kommunismus, der letzte große Widerpart des siegreichen Kapitalismus, nach dem Zusammenbruch der Sowjetunion krachend gescheitert ist, soll es das System gewesen sein, das versagt hat, nicht die Menschen. Dabei entspricht der Kapitalismus nur perfekter dem menschlichen Wesen, mit seiner Habgier, seinen Machtkämpfen und seiner Unersättlichkeit. Seitdem mir das klar geworden ist, kann ich diese Spiegelfechtereien in allen Bereichen des Lebens, die sich immer nur an den Symptomen festhaken und niemals bis zu den Wurzeln vordringen, und die Gewißheit, daß sich daran nie etwas ändern wird, kaum mehr ertragen.*

Als das gespaltene Land, in dem Zeff lebte, wieder zu einer Einheit wurde, bekam er die Nachricht, daß seine Eltern bei einem Autounfall ums Leben gekommen waren. Zeff reiste unverzüglich nach Hause, und nach den ganzen Trauerfeierlichkeiten wurde ihm bewußt, daß er nicht mehr zurückkehren würde. Als Lektor konnte er überall arbeiten, zu den persönlichen Treffen mit Verlegern und Autoren waren die Wege nur etwas weiter.

Nachdem alles geregelt war, wohnte er wieder im Haus seiner Kindheit. Er schämte sich ein wenig, denn nach dem Scheitern in Paris hatten ihn nun ähnliche Lebensumstände dahin zurückgetrieben. *Es ist ein bißchen wie in einem meiner Alpträume, ich bin eingesperrt in ein Verlies mit einem bodentiefen Spanischen Spiegel, ohne Fenster und ohne Tür. Ich schreie und winke den Leuten zu, die draußen vorbeigehen und sich lebhaft unterhalten, doch die Passanten können mich weder sehen noch hören, auf ihrer Seite befindet sich eine Spiegelwand, in der sie sich nur selbst reflektieren. Ich will damit sagen, daß die Schande meines Scheiterns nur mir bewußt ist, nach außen bin ich ein erfolgreicher Lektor, der sein Arbeitsgebiet in seine Heimat verlegt hat, wo er hoch über der Stadt, die an einem See liegt, in einem Bungalow thront, um den ihn alle beneiden...*

8

Zeff war überrascht, wie schnell er sich wieder einge-
wöhnte. Seine Festung verließ er nur, um einmal für die
ganze Woche einzukaufen, am See spazieren zu gehen,
im Wald zu joggen oder wegen seiner beruflichen Ver-
pflichtungen, die ihn auch ins Ausland führten. Mit seinen
Nachbarn hatte er kaum Kontakt. Viele Bekannte seiner
Eltern waren weggezogen, und die neuen, meist junge Familien, vollkommen in ihrem Alltag gefangen. Man grüß-
te sich und half sich wenn nötig aus. Zeff war ganz zufrieden mit diesem Zustand, niemand stellte Fragen, und
doch lebte er nicht ganz isoliert.

Eines Tages wachte er mit brennenden Schmerzen im
Unterleib auf, und Zeff wünschte sich in diesem Augenblick, jemand um sich zu haben, so kroch er mühsam aus
dem Bett, quälte sich zum Telefon und rief mit letzter
Kraft den Notarzt an. Mit zusammengebissenen Zähnen
zog er sich notdürftig an, und als sie ihn auf der Trage in
den Krankenwagen schoben, war eigentlich schon klar,
daß es sein Blinddarm war. Die Schnelldiagnose bestätigte sich, und innerhalb kürzester Zeit lag er im OP. Alles
ging glatt, und bald konnte er wieder entlassen werden.

Zeff mußte noch einige Dinge mit seiner Rechnung re-
geln und sollte sich deswegen im Büro der Chirurgie mel-
den. Er klopfte an, öffnete die Tür und sah sofort in die
Augen der Sekretärin, die ihm forschend entgegenblickte.
Sie war etwas jünger als er und zog ihn mit ihren schwarzen Haaren, ihrem ebenmäßigen, ovalen Gesicht und
ihren dunklen, forschenden Augen sofort in ihren Bann.

"Sie kommen wegen der Zahlung für das Einzelzim-
mer... bitte nehmen Sie doch Platz..."

Zeff setzte sich ihr gegenüber und schielte nach dem Schild an ihrem Kittel. <*Martina Behrens*>.

"Ich fürchte, meine Zusatzversicherung kommt dafür nicht auf..."

Martina Behrens studierte aufmerksam ihre Unterlagen und bedachte ihn dann mit einem ernsten Blick.

"Richtig... der Versicherungsschutz beginnt erst in einem Monat... Sie hätten noch etwas zuwarten müssen mit Ihrer Operation..."

"Dann wäre ich jetzt tot..."

"Aber Sie müßten diese Rechnung nicht bezahlen..."

Ein Lächeln blitzte in ihren Augen auf, sie hatte offensichtlich Sinn für schwarzen Humor. Zeff ließ sich anstecken und lächelte zurück.

"Lieber zahle ich die Rechnung und bin noch am Leben..."

"Dafür sind wir ja da..."

Zeff nickte und erhob sich langsam, ohne sie aus den Augen zu lassen..

"Schicken Sie sie mir doch bitte zu..."

Er ging zur Tür, zögerte, drehte sich noch einmal zu ihr um und stellte mit Genugtuung fest, daß sie ihm nachschaute.

"Darf ich Sie anrufen?"

"Wozu?"

"Nach einer Operation braucht man doch immer eine Nachsorge..."

"Ich bin keine Krankenschwester..."

"Ich habe dabei eigentlich nicht an Wundpflege gedacht..."

Sie sahen sich lange an, ohne daß einer von ihnen blinzelte, dann schloß Zeff leise die Tür. *Wie viele Türen habe ich schon geöffnet, hinter denen ein Geheimnis verborgen schien, und wie oft fand ich nur Nahrung für das Tier. Doch diesmal ist etwas geschehen, das ich nicht mehr für möglich hielt, als sei der Alchimistentraum wahr geworden, als hätte sich Blei in Gold verwandelt, als träte ich wieder in die irdische Umlaufbahn ein. Ist es Wunschdenken, das mir das vorgaukelt, oder ist es real?*

Am meisten wunderte sich Zeff selbst über den Vitalitätsschub, den ihm die Bekanntschaft mit Martina verpaßte und nicht nachließ. Er hatte sie angerufen, sie hatten sich ein paarmal im Café und später zum Essen getroffen und erzählten sich ihr Leben. Sie hatte eine Tochter, Louise, die kurz vor der Matur stand. Martina hatte früh geheiratet und mit ihrem Mann eine schwere Enttäuschung erlebt. Nach ihrer Scheidung kurz nach Louise' Geburt hatte sie sich mit ihrer Tochter allein durchs Leben geschlagen und all die Männer, die ihr seither hinterher scharwenzelten und letztlich nur versorgt werden wollten, ohne Bedauern zurückgewiesen. Sie war eine lebenskluge, pragmatische Frau, der man nichts vormachen konnte, doch aufgrund ihrer schlimmen Erfahrungen neigte sie manchmal zu Sarkasmus und Schwarzseherei, und sie hatte sich geschworen, sich nie mehr durch einen Mann verletzen oder an ihrem Leben hindern zu lassen. Mit Zeff ließ sie sich Zeit, doch er spürte, daß ihr Vertrauen zu ihm stetig wuchs.

Es blieb nicht aus, daß sie sich auch intim näherkamen, Martina besuchte Zeff in seinem Haus, anfangs ohne bei ihm zu übernachten. Sie war mehr sinnlich als leidenschaftlich, doch sie gab sich ihm ganz hin, und ihm wurde bewußt, daß jetzt keine Spielchen mehr möglich waren. Seine Arbeit verstand sie bald immer besser, doch sie spürte, daß bei ihm noch etwas war, das er vor ihr verbarg, ein Kern seines Wesens, zu dem sie keinen Zugang fand. *Mich fallenlassen, das Leben in all seiner Sinnlichkeit bis zur Neige genießen, sind das nicht die trügerischen Verlockungen der Natur? Sonst bleibt mir nur dieses eisige Gefühl von Vergeblichkeit, das mein bisheriges Leben bestimmt. Habe ich eine Wahl?*

Zeff stöhnte laut auf und löste sich erschöpft aus der engen Umschlingung mit Martina, ohne den Körperkontakt aufzugeben. Da war sie wieder, diese lähmende Frage, wenn er mit ihr zusammen war und diese Urgewalt erlebte, ob er sie nicht nur benützte, obwohl er spürte, daß sie es genauso genoß wie er.

Zeff legt einen Arm um Martinas Hüfte und zog sie eng an sich. Sogar in der Dunkelheit schienen ihre dichten, schwarzen Haare zu glänzen, und in ihren dunklen Augen lag noch der Widerschein ihrer Lust.

"Ich weiß nicht, wie ich es ausdrücken soll, aber jedesmal, wenn ich so mit dir zusammen bin, habe ich das Gefühl, daß ich dich benütze, daß du denkst, das ist das einzige, was ich von dir will..."

Martina schob sich enger an Zeff heran.

"Du dummer Junge, das ist doch genau das, was ich an dir so liebe... dieses Kraftvolle, Wilde, dein hemmungsloses Begehren... als ich dich kennenlernte, war meine größte Befürchtung, daß dein angenehmes, zurückhaltendes Wesen deine einzige Charaktereigenschaft sei..."

Zeff spürte, wie sich eine innere Verkrampfung löste.

"Ich habe mir schon immer gewünscht, aber nie erlebt, daß es das gibt, Leidenschaft und daß man sich blind versteht... dabei bin ich fast fünfzig..."

Martina stützte sich auf einen Ellbogen auf und beugte sich über Zeff.

"Dann mußt du mir eines erklären... wir kennen uns nun schon fast ein Jahr, und wenn wir zusammen sind wie jetzt, ist alles wunderbar... aber kaum wird es Tag, spüre ich, wie du dich wieder in dich verkriechst, als sei das Zusammensein mit mir ein verbotener Ort oder als ob dich verborgene Sehnsüchte quälten..."

Zeff richtete sich erschrocken auf, Martina streichelte ihm beruhigend über die Haare.

"Du erzählst mir viel aus deiner Jugend, von Jean-Claude, Max und Marielle, wie ihr mit dem alten Jaguar unterwegs wart... eine verschworene Gemeinschaft, die sich nichts sehnlicher wünschte, als daß die Zeit stillsteht... bist du immer noch in sie verliebt?"

Zeff stieß erleichtert den Atem aus.

"Marielle? Ich fühlte mich stark zu ihr hingezogen, sie hatte ein bißchen was von dir... aber verliebt? Verliebt war ich nie..."

Zeff läßt sich wieder auf den Rücken fallen.

"Es ist etwas anderes, das mich quält, und ich habe schon lange mit niemand mehr darüber gesprochen..."

Martina schmiegte sich eng an Zeff, sie spürte, daß etwas Entscheidendes geschah.

"Du weißt, daß ich nach Paris ging, um Schauspieler zu werden... bis ich merkte, daß Schreiben meine Leidenschaft ist... doch ich war einfach zu jung und habe viel zu schnell resigniert... danach habe ich studiert und arbeite jetzt als Lektor... darin bin ich sehr gut... aber ich habe nie aufgehört zu schreiben, das ist meine eigentliche Welt... doch ich habe ständig das Gefühl, daß ich nie wirklich da bin für dich..."

Martina runzelte verständnislos die Stirn.

"Willst du damit sagen, daß du ein schlechtes Gewissen hast, weil du Schriftsteller bist und in deiner eigenen Gedankenwelt lebst? Von mir aus könntest du Tag und Nacht an deinem Schreibtisch sitzen, und Louise brauchst du gar nicht erst zu fragen..."

"Das ist noch nicht alles... ich überlege, meine Arbeit aufzugeben, ich halte dieses Doppelleben nicht mehr aus... du hast einen Lektor kennengelernt, der sich plötzlich als armer Poet entpuppt... das macht mir Sorgen..."

Martina legte Zeff sanft eine Hand auf seine Wange. Es war die zärtliche Geste einer Frau, die sich ihrer selbst und ihrer Weiblichkeit vollkommen gewiß war.

"Wir gehören zusammen, wir brauchen doch nicht viel... außerdem habe ich meine Arbeit, und die hätte ich sowieso nie aufgegeben..."

In Zeff gab etwas nach, und seine Augen wurden feucht. Er drehte sich zu Martina um, legte beide Arme um sie und drückte sie mit aller Kraft. *Es ist geschehen, und ich vertraue darauf, daß meine innere Instanz keine Einwände hat, sonst hätte sie wohl schon längst ihr Veto eingelegt.*

Am anderen Ende der Stadt lag Louise in ihrem Zimmer wach im Bett und versuchte zu erahnen, was zwischen ihrer Mutter und diesem Mann, Zeff, vor sich ging. Seit ihr Vater ihre Mutter kurz nach Louise' Geburt schmählich im Stich gelassen hatte, lernte sie immer wieder Männer kennen, doch sie blieben Episoden, und die meisten empfanden Louise als Störenfried. Doch mit Zeff war es anders. Seit ihre Mutter ihn kennengelernt hatte, schien Louise alles, was seither geschah, eine größere Bedeutung zu haben, sie hatte das Gefühl, freier zu atmen, und ihre Mutter verjüngte sich mit jedem Tag. Zeff war gleichbleibend fürsorglich und aufmerksam, nur ihr gegenüber noch etwas scheu, er hatte sich bisher noch nicht einmal getraut, ein richtiges Gespräch mit ihr zu führen, doch Louise spürte, wie ein Teil von ihr, der bislang brachgelegen hatte, allmählich aufzublühen begann, und im stillen richtete sie inbrünstig ein Stoßgebet zum Himmel, daß es so weitergehen möge, was ihr peinlich war, auch wenn sie niemand dabei sah.

Seit dieser Nacht fühlte sich Zeff wie befreit, ohne daß sich die Schärfe seiner Außenwahrnehmung veränderte. Seine Beziehung zu Martina beruhte nicht auf abgehobenen Erwartungen, genauso wie sie ihn als zuverlässige Stütze und emotionalen Anker in ihrem Leben betrachtete, sah er sie als loyale Gefährtin und hingebungsvolle Geliebte auf seinem schwankenden Pfad. *Wir wachsen zusammen wie das Wolfspaar in Dschingis Aitmatows Roman <Der Richtplatz>, das nichts trennen konnte, nur der Mensch, der ihnen in seiner maßlosen Gewinnsucht den Lebensraum raubte und damit den Tod brachte. Mit Flugzeugen trieb er die Saiga-Antilopen in der Steppe zusammen, Beutetiere der Wölfe, und erschoß sie mit Maschinengewehren.*

Zeff hatte plötzlich keine Eile mehr, sein Leben komplett umzukrempeln, er pflegte seine Außenkontakte als Lektor und schrieb mit wachsender Zuversicht an seinen eigenen Sachen, die wieder, ganz wie zu Beginn, sehr persönlich waren und sein tiefstes Inneres preisgaben. Und irgendwann war Martina soweit, ihre Wohnung aufzugeben und mit Louise in Zeffs Bungalow einzuziehen. Und natürlich heirateten sie. Diese Idylle zu dritt dauerte nur zwei Jahre, dann zog Louise aus und fing mit ihrem Studium an. Für Martina war das ein harter Einschnitt, denn Mutter und Tochter waren aufs engste verbunden gewesen, und auch Zeff war Louise ans Herz gewachsen. Doch sie war ja nicht aus der Welt, und sie kam immer wieder gerne nach Hause. *Vom Saulus zum Paulus - kann es sein, daß die reißenden Wasserfälle alle schon hinter mir liegen? Daß ich mich auf dem Fluß meines Lebens nur noch in ruhigem Gewässer dem Meer entgegenschlängle, dem Ozean, wo sich alles sammelt und auflöst? Dieses angstfreie Gleiten, fühlt man sich auch so nach einer Lobotomie? Da ist er wieder, dieser Blick durch das Brennglas...*

Die Jalousien in seinem Büro waren heruntergelassen, und die Fenster standen offen an diesem heißen, gleißend hellen Sommertag. Mit jeder Faser seines Körpers zog es Zeff ins Freie, unter einen schattigen Baum an einem Gewässer, mit einem Buch in der Hand oder einfach nur zum Verweilen, stattdessen stand ihm wieder einmal ein unerquickliches Gespräch über ein Buchprojekt bevor, das er auf keinen Fall befürworten wollte. Eine der ersten Erzählungen des jungen Mannes, Pascal, hatte er gegen den Widerstand des Verlegers, der sie inhaltlich zu deprimierend fand, in einen Sammelband aufgenommen, die anrührende Geschichte eines vereinsamten Mannes, der sich als Polizist ausgab und auf diese Weise Kontakt zu alleinstehenden Frauen herstellte.

Was jetzt auf dem Beistelltisch vor ihm lag, und zwar in voller Romanlänge, klang nach einem blutleeren, fantasielosen, aller anarchischen Elemente beraubten Klon erfolgreicher Vorbilder – ein störrischer Opa mußte sich plötzlich um seinen Enkel kümmern. Zeff fragte sich, wer ihn auf dieses Gleis geschoben hatte, mit Überzeugung konnte man so etwas nur schreiben, wenn man so fühlte und dachte. Aber Pascal? Hatte er selber Zweifel und deshalb diese lange Reise auf sich genommen? Aus alter Verbundenheit hatte Zeff ihm signalisiert, daß er auf ein Honorar verzichte.

Es klingelte an der Haustür und Zeff erhob sich seufzend, um Pascal einzulassen.

"Hallo, Pascal, kommen Sie rein... ist eine Weile her, seit wir uns zum letzten Mal gesehen haben..."

"Stimmt... ich glaube, das war bei der Schlußbesprechung meiner Kurzgeschichte..."

Zeff fiel das unsichere Lächeln seines Besuchers auf und auch seine leicht gebückte Haltung.

"Kann ich Ihnen etwas anbieten? Kaffee? Tee? Wasser?"

Pascal warf einen raschen Blick auf den Glastisch in der Sitzecke und sah dort eine Flasche Wasser mit zwei Gläsern stehen.

"Ein Wasser vielleicht... vielen Dank."

"Bitte, nehmen Sie doch Platz..."

Mit einem Anflug von Boshaftigkeit platzierte Zeff seinen Gast so, daß das Licht vom Fenster auf ihn fiel und bei jeder Bewegung das Muster der Jalousie über sein Gesicht lief, er selber saß im Schatten, goß ihnen beiden ein Glas Wasser ein und versteckte sich hinter einer nachdenklichen, verantwortungsbewußten Miene.

"Ich erinnere mich gern an unsere Gespräche... am Ende war es nicht leicht, Ihr Projekt gegen den Widerstand von oben durchzusetzen..."

Pascal belebte sich und beugte sich etwas vor.

"Ja, ich weiß noch... zu düster, zu destruktiv... als ob man die Menschen auf Knopfdruck optimieren könnte..."

Zeff hatte Pascal als ernsthaften, besessenen Literaten kennengelernt, der Poe liebte und jede Form raffinierter Psychothriller, jetzt brachte der arme Junge dieses Machwerk mit, von dem er sicher genau wußte, was Zeff davon hielt, und saß ihm als Bittsteller gegenüber. Was zum Teufel erwartete er von ihm?

"Nun, mit dem Roman haben Sie ja jetzt den Sprung gewagt vom Kinderschwimmbad ins Haifischbecken... mit einem Stoff, den ich von Ihnen ehrlich gesagt nicht erwartet hätte..."

Pascal bewegte sich unruhig auf seinem Sessel, sodaß die Sonnenstrahlen, die schräg durch die Jalousie fielen, wieder wie Zebrastreifen über sein Gesicht tanzten.

"Für zwei Psychothriller bekam ich Förderung, doch Anthologien mit Kurzgeschichten werden kaum gekauft..."

"Ja, das ist leider so..."

Pascal sah Zeff unglücklich an, als erwarte er den entscheidenden Schlag, doch Zeff entschied sich, noch etwas weiter zu bohren.

"Wie sind Sie auf dieses Script gekommen?"

"Anton Frohberg hatte die Idee..."

"Aber Frohberg ist doch ein Filmproduzent..."

"Schon... aber er meinte, mit einem Roman, der ein Bestseller wird, hätte er bei der Filmförderung gute Chancen... wir würden uns also beide einen Gefallen tun..."

"...und mit dem Geld, das Sie damit verdienen, möchten Sie wieder ihre eigenen Stoffe schreiben..."

Zeff schüttelte ratlos den Kopf und nahm einen Schluck aus seinem Wasserglas.

"Lieber Pascal, glauben Sie ernsthaft, daß hierzulande jemals wieder jemand einen Psychothriller von Ihnen liest, wenn Sie mit dieser Plotte Erfolg haben?"

Pascal biß die Zähne zusammen und blitzte Zeff wütend an.

"Solange jemand an mich glaubt..."

Zeff versuchte ruhig zu bleiben.

"Bei Ihrer Erzählung habe ich als einziger an Sie geglaubt, wir kämpften beide auf der gleichen Seite, mit einer Geschichte, die es wert war, und wir haben zum Glück gewonnen... aber diesmal..."

"Ich weiß, daß der Roman Schrott ist, aber ich brauche ihn als Sprungbrett..."

Erschrocken faßte Zeff den jungen Mann genauer ins Auge, er traute seinen Ohren nicht.

"In unseren Gesprächen haben Sie mit verzeihlicher jugendlicher Arroganz das Ende der lähmenden, wie Sie es nannten, <*Wohlfühlberieselung*> in der Literatur prophezeit, und jetzt flehen Sie mich an, genau das abzusegnen? Ich habe auch einen Ruf zu verlieren..."

"Gibt es einen anderen Weg?"

Zeff richtete sich auf und sah Pascal in die Augen.

"Hören Sie, ich habe Kollegen, die Unterhaltung etwas großzügiger definieren und denen Erfolg über alles geht... denen werde ich Sie empfehlen, ich sage Ihnen so bald wie möglich Bescheid... einverstanden?"

"Einverstanden..."

Stille legte sich auf das Büro, dann von irgendwoher das Knattern eines Motorrads, das gestartet wurde.

"Es tut mir aufrichtig leid, aber nach all unseren Debatten, was Literatur bedeutet, kann ich nicht einfach über meinen Schatten springen, ich hoffe, Sie verstehen das..."

Pascal stand müde auf, auch Zeff erhob sich und begleitete ihn zur Haustür.

"Wissen Sie schon, wo Sie übernachten? Ich kenne ein paar günstige Pensionen..."

"Vielen Dank, aber ich fahre noch heute zurück..."

Sie gaben sich die Hand, und Pascals Blick beim Abschied drückte aus, was er im Gespräch zurückgehalten hatte, seine Enttäuschung, seine Erwartung von mehr, und Zeff fragte sich, ob seine Rigidität nicht in erster Linie seiner eigenen Unzufriedenheit entsprang, daß er dem Jungen mißgönnte, was ihm selber vorenthalten blieb. *Es ist, als sei ich unversehens auf Glatteis geraten, es kommt alles wieder hoch, die Ohnmachtsgefühle, der Haß auf die Mittelmäßigkeit, das ewige Hoffen. Ich kann mit Martina darüber reden, doch im Grunde bin ich damit ganz allein. Ich hoffe, daß ich nicht die Kontrolle verliere.*

Martina hatte den Tisch auf dem Balkon gedeckt, von dem aus man über die Stadt und den See blicken konnte. Das Geschrei spielender Kinder schallte irgendwo aus der Nachbarschaft herüber, und die Sonne versank allmählich hinter den Hügeln, ohne daß die Hitze merklich nachließ.

Zeff kam aus seinem Büro und sah zu, wie Martina, die ihn nicht hatte kommen hören, einen Weinkühler mit einer geöffneten Flasche Weißwein nach draußen trug. Wie immer, wenn er sie eine Weile nicht gesehen hatte, staunte er darüber, wie geschmeidig ihre Bewegungen waren, mit welcher Freude und Konzentration sie den alltäglichsten Verrichtungen nachging, und ein Gefühl der Rührung übermannte ihn, aber auch ein leises Unbehagen, weil er nicht so war wie sie.

Zeff trat ins Wohnzimmer und umarmte seine Frau, die gerade vom Balkon zurück kam. Sie löste sich rasch von ihm und betrachtete ihn ernst und forschend aus ihren dunklen Augen.

"Du bist ganz verschwitzt... beeil' dich, wenn du duschen willst, es gibt Seezunge, hab' ich heute ganz frisch bekommen..."

Martina eilte weiter in die Küche, und Zeff, abrupt der Umarmung entrissen, kam sich vor wie ein Bär, der auf dem Weg zu seiner Höhle die Orientierung verloren hat.

Es gab Tomatensalat mit Minze, frisches Weißbrot, das Martina selbst buk, und zarte Seezungenfilets mit einem Hauch von überbackenem Parmesan, dazu einen *Chasselas* von einem einheimischenWinzer. Es war ein Essen ganz nach Zeffs Geschmack, bei dem er für eine Weile die Banalitäten und Ärgernisse des Alltags vergaß. Martina sah ihren Mann aufmerksam an, Zeff sah auf, lächelte ihr zu und nickte beifällig.

"Wie du das immer wieder hinkriegst, unglaublich... ein Gedicht... aber so machst du dich selber zur Gefangenen... warum sollten wir essen gehen, wenn du das so viel besser kannst?"

Martina hörte das nicht zum ersten Mal, eigentlich brauchte sie die Bestätigung nicht, es war ein Ritual, aber eines, das sich jedes Mal aus einem anderen Anlaß erneuerte. Für sie waren diese Dinge selbstverständlich, sie gehörten zum Leben, sie hatte nie das Gefühl, etwas Überflüssiges oder Lästiges zu tun.

Zeff nahm einen Schluck von dem Wein, atmete tief durch und sah nachdenklich in die Ferne. Unwillkürlich überfiel ihn die Erinnerung an das Gespräch mit Pascal, und der wolkenlose Sommertag, das feine Essen und der fruchtigzarte Wein schienen plötzlich in eine ferne Welt gerückt. Martina bemerkte sofort den Stimmungsumschwung ihres Mannes.

"Ärger im Büro?"

Zeff, erleichtert, daß seine Frau ohne Worte seine Befindlichkeit erahnte, aber erschrocken, daß er so leicht zu durchschauen war, versuchte gelassen zu bleiben.

"Das Übliche. Junge Leute, die glauben, die Welt gehört ihnen, aber beim geringsten Widerstand einknicken... irgendwo haben sie ja auch recht, in Wahrheit haben sie es nur mit Buchhaltern zu tun..."

Martina faßte ihren Mann sachte am Arm.

"Zeff, du sagst doch selbst, das ist seit Jahren so..."

"Kein Grund, das einfach hinzunehmen..."

Martina lag noch wach, als Zeff endlich ins Bett schlüpfte. Sie spürte, wie er sich herumwälzte und keine

Stellung fand, um einzuschlafen. Dann war er plötzlich über ihr und drang von hinten jäh in sie ein, wortlos, stöhnend, mit verzweifelten Stößen. Sie ließ ihn gewähren, brauchte aber lange, um Ruhe zu finden. *Mein Gott, was habe ich getan? Wohin treibe ich? Verliere ich langsam den Verstand?*

Der Freitag versprach wieder genauso heiß und trocken zu werden wie die Tage davor, als Zeff in seinem Auto die Stadtgrenze verließ. Auf seinem Navi hatte er die Adresse einer Villa programmiert die außerhalb eines kleinen Dorfs im Seegebiet lag, dort drehte Ruby, eine neuseeländische Regisseurin, einen Splatterfilm, der als Vorlage für ein Videospiel dienen sollte. In ihrer Heimat betrieben ihre Eltern ein Hummer-Restaurant, und schon als Kind konnte sie kaum mitansehen, wie die armen Tiere im kochenden Wasser qualvoll ihr Leben aushauchten. Nach Tschernobyl kam ihr die Idee, daß atomar verseuchte Killer-Hummer, ihre Scheren zu Mordinstrumenten mutiert, sich massenhaft vermehrten, auch in Seen und Flüssen, und auf der ganzen Welt über die Menschen herfielen. Die Produktionsfirma hatte bei Zeff angefragt, ob er die deutschen Werbetexte und Anleitungen für das Videospiel mitverfassen wolle, da er sich mit Film auskannte und bekannt dafür war, stilistisch über eine große Bandbreite zu verfügen. Wie sie auf ihn und diesen Drehort kamen, war ihm schleierhaft, doch Zeff gefiel das Projekt, und er hatte zugesagt, außerdem wurde er gut bezahlt. Um sich ein Bild zu machen, worauf er sich da eingelassen hatte, beschloß er, die Regisseurin bei den Dreharbeiten zu besuchen.

Die sonore Frauenstimme seines Navis schickte Zeff auf einen Feldweg, an dessen Ende eine einsame Villa stand. Sie stammte aus der Gründerzeit und lag direkt am See, mit Blick auf die <*St. Petersinsel*>. Wahrscheinlich war sie ausgesucht worden, weil sie der Trickabteilung eine perfekte Folie bot. In einer der Szenen krochen die Killer-Hummer aus einem solchen See und stürzten sich auf die Hausbewohner.

In großem Abstand zur Villa parkten die Fahrzeuge der Filmcrew kreuz und quer. Zeff holperte gemächlich auf sie zu und stellte sein Auto ab. Er liebte es, bei Dreharbeiten zuzuschauen, achtete aber immer darauf, nicht im Weg zu stehen und sprach nur mit Teammitgliedern, die nicht unmittelbar am Set beschäftigt waren. Er umkreiste dann den Schauplatz, saugte die Atmosphäre in sich auf und versuchte, sich ein Bild zu machen vom fertigen Film.

Im Augenblick schien gerade Drehpause zu sein, die jungen Leute des Filmteams lümmelten unter einem improvisierten Zeltdach und warteten auf Anweisungen. Immer wieder stieg über der Villa eine Drohne auf, die mit einer Kamera bestückt war und sturzflugartig auf die offenen Fenster zuraste. Zeff ging um das alte Haus herum, vor dessen Eingang Folien ausgebreitet waren, vermutlich im Zusammenhang mit den Trickarbeiten. An zwei Eisenschienen, weit oberhalb des Eingangs in der Mauer verankert, die sich bis zu einem etwa zehn Meter entfernten Gerüst spannten, hing auf Hüfthöhe ein Gestell mit einem Klappsitz und einer Kamera davor, die auf einem Stativ befestigt war. Vor der Linse waren Miniatur-Killerhummern montiert, deren tödliche Scheren sich elektrisch bewegen ließen. Aus dem Drehbuch wußte er, daß das Haus am See völlig überraschend von den mutierten Killerhummern attackiert wurde.

Zeff wandte sich an einen jungen Mann, der mit einem

Sechserpack kühlen Wassers auf den Hintereingang der Villa zu schlenderte und ihm freundlich zunickte.

"Ich bin Zeff, ich arbeite am deutschen Text mit für das Videospiel... können Sie mir sagen, was als nächstes gedreht wird?"

"Wir drehen alle subjektiven Einstellungen des Hummer-Angriffs, die Menschen im Haus, die vergeblich versuchen, sich in Sicherheit zu bringen... alles andere wird im Trickstudio gemacht..."

"Klingt nach verdammt viel Technik..."

"Stimmt... und verlangt von den Darstellern einiges ab..."

"Ist Ruby hier?"

"Ja, sie entspannt sich gerade mit Yoga..."

Er deutete auf eine junge Frau, die mitten auf der Wiese Entspannungsübungen machte. Sie war gertenschlank und hatte feuerrote Haare, die sie zu einem Pferdeschwanz gebunden hatte. Sie hörte mit ihren Verrenkungen erst auf, als Zeff direkt vor ihr stand.

"Hi, ich bin Zeff, wir haben telefoniert..."

"Oh ja... du hilfst uns bei den deutschen Texten..."

Sie sprach fließend Deutsch, doch mit erheblichem Akzent.

"Richtig... ich wollte ein bißchen zuschauen, man hat dann gleich ein klareres Bild..."

Ruby blickte ihn ungeniert an, und Zeff fühlte sich zu einer Erklärung genötigt.

"Keine Bange, ich werde nicht stören..."

Ruby lachte unbeschwert, es gab wohl nichts, was sie so schnell aus der Bahn werfen konnte.

"Kein Problem! Sieh' dich ruhig um! In zehn Minuten geht's weiter..."

Zeff nickte ihr zu, und augenblicklich wirbelte Ruby wieder herum. Er ging ein paar Schritte, griff nach seinem Handy und wählte.

Martina saß an ihrem Schreibtisch im Krankenhaus, studierte eine Patientenakte und machte sich Notizen, als das Telefon klingelte. Sie klemmte sich den Hörer zwischen Hals und Schulter.

"Städtische Klinik..."

"Martina? Hör 'zu, tut mir leid wegen gestern nacht..."

"Ja..."

"Kannst du nicht reden?"

"Wir bereiten gerade eine Bestrahlung vor..."

"Verstehe... wenn du Lust hast, hole ich dich um zwei ab, und wir fahren ein bißchen ins Grüne..."

"Machst du heute blau?"

"Bin beim Drehen von diesem Videospiel..."

"Gut, hol' mich ab... kann aber Viertel nach werden, wir haben noch eine Besprechung..."

Martina legte auf, und Zeff ließ erleichtert das Handy sinken.

Das Strandbad, das Zeff und Martina meistens aufsuchten, weil es dort nur einen kleinen Kiosk gab und daher auch wenig Betrieb, hatte sich im Lauf der Jahrzehnte in ein grünes Biotop verwandelt.

Zeff räkelte sich auf dem Badetuch und sah Martina entgegen, die gerade aus dem Wasser stieg und mit rollenden Bewegungen auf ihn zu kam. Sie hatte sich ihre schlanke, üppige Figur ohne großen Anstrengung bewahrt, man wäre kaum auf die Idee gekommen, daß sie Mutter einer erwachsenen Tochter war, er dagegen war froh, sein Gewicht mit regelmäßigem Joggen zumindest halten zu können.

Martina schüttelte ihre nassen Haare über Zeff aus, was er, wie sie genau wußte, nicht leiden konnte, griff nach einem Handtuch, trocknete sich flüchtig ab und streckte sich mit einem genußvollen Stöhnen neben ihm aus. Seit sie sich kennengelernt hatten, bewunderte Zeff den scheinbar unverwüstlichen Pragmatismus seiner Frau. Auch als sich abzeichnete, daß sie heiraten und zusammenziehen würden, arbeitete sie weiter im Krankenhaus und kümmerte sich mit Hingabe um den Bungalow und den Garten. Sie liebte es, etwas mit ihren Händen zu tun, hing mit allen ihren Sinnen am Leben und ließ sich durch nichts aus dem Gleichgewicht bringen. Dennoch kam Zeff nie so recht dahinter, ob sie glücklich oder wenigstens zufrieden war oder einfach nur akzeptierte, was das Schicksal ihr bot. Er hatte sie noch nie herzlich lachen sehen, nur wenn sie etwas sehr intensiv betrieb oder eine freudige Nachricht erhielt, hatte er beobachtet, wie ein Leuchten in ihre dunklen Augen trat.

Zeff rollte sich auf die Seite, stützte sich auf einen Ellbogen und schob die andere Hand auf Martinas Bauch.

"Ich weiß nicht, was gestern nacht in mich gefahren ist... ich hoffe, du kannst mir verzeihen..."

Ohne sich zu rühren, faßte Martina nach seiner Hand, mit der anderen schützte sie ihre Augen vor der Sonne.

"Du bist sehr launisch in letzter Zeit..."

"Ich fühle mich zunehmend wie in einem Alptraum... es ist Nacht, und egal, wohin ich mich wende, durch alle Straßen fließt knöcheltief eine klebrige Masse... außer mir ist kein Mensch unterwegs..."

Martina hob den Kopf und spähte unter ihrem Arm hindurch nach ihrem Mann, dann ließ sie ihn wieder sinken.

"Du hast einen Beruf, um den dich viele beneiden, und du verdienst auch noch gut dabei..."

"Ja, aber du weißt doch, was ich mir selber erhoffe... irgendwann muß ich den Sprung wieder wagen, diese Spannung halte ich nicht länger aus..."

"Was hindert dich daran?"

"Ich habe mich in mir selbst festgehakt, und ich fürchte mich davor, daß es auch diesmal niemand gibt, der bereit ist, mir zu folgen..."

"Ich lese ja bisweilen, was du schreibst... es ist sehr schwer und macht mir manchmal angst..."

"Das ist aber das, was ich sehe..."

Zeff zog seine Hand zurück und legte sich flach auf den Rücken.

"Packt dich nicht auch manchmal die Wut auf die Menschen, die sich wie Lemminge klaglos all dem unterordnen, was der Alltag von ihnen fordert, und sich nie fragen, ob das alles ist, was sie sich erhoffen können?"

"Was könnten sie sich denn erhoffen?"

"Mehr Intensität! Sich auf die wichtigen Dinge konzentrieren! Mit der Natur leben, nicht gegen sie! Eigene Wege gehen!"

Martina faßte sachte nach Zeffs Hand.

"Mein armer Zeff, was soll ich sagen? Ich bin doch auch eine von ihnen..."

"Verdammt, Martina, das bist du nicht!"

Der Montag darauf verlief ereignislos, bis auf ein unangenehmes Telefongespräch mit einem Verleger. Offenbar hatte ihn ein Autor unter Druck gesetzt, und er hatte vage Zusagen gemacht, ohne Zeff zu informieren. Mit sanftem Nachdruck erinnerte ihn Zeff an die Schwächen des Romans, die noch immer nicht behoben waren. Die Überarbeitung war jedoch im letzten Gespräch als Bedingung genannt worden für weitere Verhandlungen. Der Verleger, insgeheim erleichtert, daß sein Fehler noch auszubügeln war, murmelte etwas Unverbindliches und legte auf. Zeff lächelte, in dieser Schlacht war er siegreich geblieben, doch gewann er auch den Krieg?

Der Uhrzeiger rückte auf Mittag, und Zeff hatte plötzlich Lust, in der Stadt eine Kleinigkeit zu essen. Er wählte das Café an der Schifflände aus, das über einen großen Garten verfügte, von wo aus man bequem die ein- und auslaufenden Schiffe beobachten konnte.

Zeff bestellte einen Flammkuchen und ein Glas einheimischen Weißwein, und als er seine Mahlzeit schon fast beendet hatte, sah er am anderen Ende des Cafés eine Frau den Garten betreten und blieb irritiert an ihrem Gesicht hängen, bevor sie sich, abgewandt von ihm, allein an einen Tisch setzte. Kein Zweifel, es war Manuela! Älter geworden wie er, aber alterslos geblieben. Der rote Schimmer in ihrem Haar etwas heller, das Gesicht etwas weicher, aber immer noch so fein geschnitten, wie er es kannte.

Zeff erhob sich unauffällig, bezahlte drinnen an der Kasse und wartete draußen bei den Schiffen, daß Manuela heraus kam. Es dauerte nicht lange, bis sie im Eingang erschien und rasch in Richtung Stadt zurück ging. Er folgte ihr wie ein Privatdetektiv aus einem billigen Film. Was zum Teufel führte sie in diese Stadt? War sie seinetwegen hier? *Wie ein Kreisel rotieren meine Gedanken, die Erinnerung an mein schmähliches Verhalten holt mich wieder ein, aber ebenso bedrängen mich die Bilder aus unserer ersten Zeit, als sie sich voller Hingabe meinem Schreiben widmete und mich immer wieder ermutigte und anspornte. Habe ich einen verhängnisvollen Fehler begangen, als ich sie so brutal verließ? Hat mir mein tierhaftes Begehren damals einen üblen Streich gespielt? Mit einer Wucht, die mich beinahe taumeln läßt, überwältigt mich die Vorstellung, daß ich mit ihr meinen Weg würde zuende gehen können, daß sie wüßte, was es braucht, meine tiefgründigen, düsteren Geschichten in eine Form zu bringen, die sich auch einem breiten Lesepublikum erschließt.* Zeff zuckte zusammen und versteckte sich hinter einen Busch, als sich Manuela nach allen Seiten umsah, als sei sie sich ihres Wegs nicht mehr sicher, doch dann wandte sie sich entschieden nach rechts, und er vermutete, daß sie das <Hotel Continental> suchte, und tatsächlich verschwand sie kurz darauf in der Drehtür des Hotels.

Zuhause gab Zeff im Computer Manuelas Namen ein und war überrascht über die vielen Einträge. Sie hatte offenbar ein Studium in Kunstgeschichte abgeschlossen und arbeitete seither in diesem Bereich als freie Journalistin. War sie verheiratet? Hatte sie Kinder? Das Telefon klingelte, und Zeff schreckte hoch aus seinen fiebrigen Gedanken. Er hob ab, lauschte zerstreut der Stimme einer Sekretärin, die ihn mit einem Verleger verbinden wollte, und bat sie, ihn auf später zu vertrösten. *Mit Martina darüber reden? Ich kann mir nicht vorstellen, daß sie diesen Schandfleck in meinem Leben einfach so akzeptiert und daß Manuela plötzlich wieder in mein Leben tritt.*

Zeff hörte die muntere Stimme seiner Tochter, Louise, die sich offenbar zu einem Spontanbesuch entschlossen hatte. Von ihrer Mutter hatte sie das südländische Aussehen und von ihm, obwohl er nur der Stiefvater war, das rastlose Wesen. In den letzten beiden Jahren hatte sie sich sehr verändert, jetzt studierte sie halbherzig Romanistik und arbeitete nebenher in einer Werbeagentur, wo sie bereits mehrmals an großen Aufträgen mittexten durfte, doch sie befand sich noch immer im Pubertäts-Modus, wonach alles, was Erwachsene taten, einschläfernd, banal und kompromißlerisch war, und nach einer schlimmen Erfahrung mit einem Freund, der sie kaltherzig abservierte, hatte sie geschworen, auf ewig Single zu bleiben. Zeff fand sich in ihr wieder, er verstand ihren Hang zum Absoluten, auch wenn er aus leidvoller Erfahrung wußte, daß mit dem Kopf durch die Wand keine Option war. Louise' Mutter hingegen fand keinen Gefallen an den Flausen ihrer Tochter, sie konnte nicht begreifen, warum sie sich nicht ein Beispiel an ihrer Freundin nahm, mit der sie immer noch eng verbunden war. Thelma, ihre beste Freundin, war blond und von der Art her nüchtern und diszipliniert. Sie hatte gleich nach dem Studium geheiratet und war ihrem Mann in eine Kleinstadt gefolgt, wo er als Arzt im dortigen Krankenhaus arbeitete und sie selbst halbtags bei einer Bank, sodaß sie sich um das Baby kümmern konnte und um das Haus, das sie gekauft hatten.

Obwohl die beiden Freundinnen so gegensätzlich waren, hatten sie sich immer bestens verstanden. Thelma, die eigentlich Beatrice hieß und nach dem Spielfilm mit *Susan Sarandon* und *Geena Davies* <*Thelma & Louise*> wegen ihrer Freundin Louise sich nur noch Thelma nannte, erlebte Abenteuer, auf die sie sich sonst nie eingelassen hätte, und Louise fand in ihrer Freundin einen sicheren Halt, wenn sie mal wieder am Boden war. Auf manchen Parties inszenierten sie sich zur Erheiterung der Gäste als Wiedergängerinnen des legendären Duos.

Zeff trat in die Küche und sah Louise, die lässig gegen den Ausguß lehnte und ihrer Mutter versonnen dabei zusah, wie sie am Backofen hantierte, dem der warme Duft eines Auflaufs entströmte. Louise drehte den Kopf, sah ihren Vater im Türrahmen stehen und fiel ihm heftig um den Hals.

"Du hättest mich ruhig abholen können, es ist eine verflucht öde Fahrt vom Flughafen hierher..."

Zeff stieß seinen Zeigefinger in eine Schale mit Avocado-Crème, die auf der Anrichte bereitstand, und leckte ihn genüßlich ab.

"Ich wußte gar nicht, daß wir hohen Besuch erwarten... gedenkst du, uns länger zu beehren?"

Louise machte einen Ausfallschritt, zog langsam das andere Bein nach und sah sich dabei selber zu.

"Weiß ich noch nicht, ich hatte einfach Sehnsucht nach Stallgeruch..."

Zeff und Martina tauschten einen raschen Blick.

Louise sah auf und bekam gerade noch mit, wie die Eltern ihre Köpfe abwandten nach dem wortlosen Augenkontakt.

"Was ist? Kann ich nicht spontan auftauchen, ohne daß ihr euch Gedanken macht?"

Zeff zog seine Tochter an sich und fuhr ihr besänftigend über die Haare.

"Du bist jederzeit willkommen, das weißt du doch..."

"Na gut, können wir dann endlich essen? Ich sterbe vor Hunger!"

Martina öffnete den Backofen und holte den Auflauf heraus, Teigwaren, Fenchel mit Schinken, das Lieblingsessen von Louise, und verteilte ihn auf drei Teller.

"Nimm den Brotkorb mit und die Avocado-Crème, bevor dein Vater sie aufgegessen hat..."

Der Tisch war auf dem Balkon gedeckt. Zeff brachte den Wein mit und beobachtete eine Nachbarin, die eine Bettdecke aus dem Fenster hielt, sie heftig ausschüttelte und mit ihr wieder in der Wohnung verschwand. Zeff wandte sich an Louise.

"Einen Schluck?"

Louise schüttelte den Kopf, und auch Martina lehnte ab. Zeff schenkte sich ein und stellte die Flasche wieder auf den Tisch. Zeff und Martina aßen mit gutem Appetit, Louise stocherte in ihrem Essen, lehnte sich in ihrem Stuhl zurück und brach unvermittelt in Tränen aus. Zeff und Martina, nicht wirklich überrascht, legten ihr Besteck auf den Teller, und warteten erstmal ab. Zeff faßte seine Tochter behutsam am Arm.

"Was ist denn, Louise?"

Louise beugte sich vor, ohne ihre Eltern anzuschauen.

"Von Zeit zu Zeit überfällt mich eine Eiseskälte, die

alles abtötet, was ich empfinde... wie jetzt... das kommt von innen... was von außen kommt, ist für mich nie ein Problem..."

Zeff und Martina betrachteten sorgenvoll ihre Tochter, Zeff stupste Louise leicht an.

"Und was willst du jetzt tun?"

"Morgen besuche ich meine Freundin..."

Martina sah erschrocken hoch.

"Findest du das eine gute Idee?"

"Thelma hat mich angerufen, sie schläft im Augenblick kaum wegen dem Baby... ein paar Tage kann ich sie entlasten..."

Louise stand auf und schob ihren Stuhl an den Tisch.

"Glaubt mir, solche Dinge kann ich..."

Louise ging um den Tisch herum und verschwand in ihrem Kinderzimmer, das ihre Eltern seit ihrem Auszug unverändert gelassen hatten.

Martina schob die Teller übereinander und wollte damit in die Küche gehen.

Zeff erhob sich und stellte sich ihr in den Weg.

"Sag mir, was du denkst..."

"Louise muß kapieren, daß die Welt nicht auf sie wartet..."

Martina hat natürlich recht, aber merkt sie nicht, daß sie auch mich damit meint? Jeder ist seine eigene Monade und kreist um seine eigene kleine Welt, dennoch ist der Schmerz grenzenlos.

Am nächsten Morgen tigerte Zeff unruhig durch das Haus, bevor er sich dazu entschloß, im <*Hotel Continental*> anzurufen. Er hatte recht, Manuela wohnte tatsächlich in dem Hotel, sie war sogar noch in ihrem Zimmer und nahm den Anruf entgegen.

"Hallo?"

Zeff erkannte die Stimme, die eine Spur dunkler klang als früher. Sein Herz begann zu klopfen, er hätte nie gedacht, daß es ihm so schwerfallen würde, mit ihr zu sprechen.

"Hallo Manuela... ich bin's, Zeff..."

Die Stille in der Leitung war mit Händen greifbar.

"Manuela? Bist du noch dran?"

"Zeff..."

"Ja, Zeff... ich habe dich im Café an der Schifflände gesehen..."

Wieder Stille, dann ein leichtes Atmen, das sich wie unterdrücktes Schluchzen anhörte.

"Wenn ich auflegen soll, dann sag' es mir bitte... ich würde es verstehen..."

"Nein, es kommt nur so völlig überraschend... und wühlt mich auf..."

"Wollen wir uns sehen?"

Eine lange Pause, Zeff wollte schon sagen, sie solle sich keinen Druck machen, dann kam doch noch ihre Antwort.

"Auf eine halbe Stunde, im Café an der Schifflände... danach muß ich auf die <*St. Petersinsel*>..."

"Okay, ich beeile mich..."

Als Zeff eintraf, war Manuela bereits da, sie saß draußen etwas abseits an einem Zweiertisch vor einer Tasse Kaffee. Er erspähte sie mit einem einzigen Blick und ließ sich ihr gegenüber nieder. Ihr schweres Parfüm wehte ihn an, und sein Atem stockte. Sie hatte sich kaum verändert und sich ihre schlanke Figur bewahrt. Mit einem traurigen, forschenden Blick sah sie ihn an, und Zeff fühlte sich augenblicklich in den Zustand versetzt, als er am Geldautomaten stand und beim Anblick dieser jungen, verführerischen, dunkelhaarigen Frau urplötzlich vor ihr davon rannte. Die Bedienung kam, und Zeff bestellte zerstreut ein Wasser.

"Ich finde es sehr großherzig von dir, daß du mich überhaupt sehen willst..."

"Du kannst dir vorstellen, daß es mir nicht leichtfällt, dich zu treffen..."

Ruhig und ohne Groll musterte sie ihn, dann schlich sich plötzlich ein Lächeln auf ihr Gesicht.

"Daß wir uns nach all der Zeit hier gegenübersitzen, ist völlig verrückt - was machst du in dieser Stadt?"

"Das gleiche könnte ich dich fragen..."

Sie hob ein Taschenbuch hoch, das neben ihrer Kaffeetasse lag, eine Abhandlung über *Jean-Jacques Rousseau.*

"Ich recherchiere für eine Jubiläumsausgabe..."

"Ist über ihn und seine Zeit auf der *St. Petersinsel* nicht schon alles gesagt?"

"Du würdest dich wundern, was noch alles im dunkeln liegt..."

Sie legte das Buch wieder auf den Tisch.

"Und jetzt du..."

"Na ja, ich wohne wieder hier, ich bin spontan zurückgekehrt, nachdem meine Eltern bei einem Autounfall ums Leben gekommen sind..."

"Das tut mir leid... "

Ihr Blick glitt zu seinem Ringfinger.

"Und du bist verheiratet..."

"Ja, noch nicht lange, und ich habe ein Stieftochter..."

Manuela wurde plötzlich sehr still, dann schaute ihr Zeff zum ersten Mal richtig in die Augen.

"Und? Was ist mit dir? Bist du verheiratet?"

"Ich bin geschieden..."

"Keine Kinder?"

"Keine Kinder... und auch kein Bedauern... meine Arbeit füllt mich vollkommen aus..."

Jetzt war es Zeff, der auf einmal still wurde. Manuela hob den Kopf und lächelte wehmütig.

"Und jetzt möchtest du wissen, ob oder wie ich diesen Schlag verwunden habe, den du mir damals mit deinem jähen Verschwinden versetzt hast..."

In Zeff zog sich alles zusammen, die Roheit seines Handelns war ihm in all den Jahren immer bewußter geworden.

"Interessiert es dich nicht, was der Grund dafür war?"

"Eigentlich nicht... ich denke, die übliche Panik der Männer, sich auf einmal festlegen zu müssen..."

Zeff senkte den Blick und schwieg eine Weile.

"Ich frage mich, was passiert wäre, wenn wir zusammengeblieben wären..."

Manuela schüttelte unmerklich den Kopf.

"Es gibt Dinge, an die man besser nicht rührt..."

"Zum Beispiel?"

"Du quälst mich, Zeff..."

"Tut mir leid, das wollte ich nicht..."

Manuela sah Zeff ruhig an, forschend, aber ohne Ironie.

"Was willst du denn hören? Was treibt dich um?"

Zeff hob kurz den Kopf und sah Manuelas Augen aufmerksam auf sich gerichtet.

"Seit unserer Trennung habe ich meinen Schwung verloren..."

Manuela saß aufrecht da und lächelte still vor sich hin.

"Das heißt, du brauchst wieder eine Muse..."

"So habe ich das nicht gemeint..."

Manuela sah auf die Uhr und erhob sich rasch.

"Hör zu, ich darf das Schiff nicht verpassen..."

Sie legte ein paar Geldstücke auf den Tisch und packte ihr Buch wieder ein.

"Es gibt ein paar Dinge, die du wissen solltest... gib mir deine Karte, ich schreibe dir eine Mail..."

Hilflos wie in einem winzigen Ruderboot schlingere ich über den sturmgepeitschten See. Was habe ich erwar-

*tet? Daß Manuela am Trauma meiner Kaltherzigkeit zer-
brochen ist? Sie scheint sich längst gefangen zu haben,
ich bin derjenige, der haltlos durchs Leben taumelt.*

Zu Hause in seinem Büro saß Zeff in seinem Lesesessel und las die eben beendete Überarbeitung seines Romans, den er unter dem Pseudonym *Phil Leramow* anbieten wollte. Es war seine komplexe, dramatisch überhöhte Lebensbilanz, sehr persönlich zwar, aber ohne autobiografisch zu sein, die mit dem Tod des Protagonisten endete. Zeff hatte alles hineingelegt, was er zur Verfügung hatte.

Leise klopfte es an die Tür, und gleich darauf stand Martina im Zimmer. Sie trug ein leichtes, ärmelloses Nachthemd, das sich über ihren Brüsten wölbte, die dichten schwarzen Haare hingen ihre lose über die Schultern.

"Bleibst du noch lange auf?"

Zeff hob zerstreut den Kopf und starrte seine Frau an wie eine Erscheinung. In dem schummrigen Licht der Leselampe sah sie aus wie die verkörperte weibliche Verführung. Er spürte, wie sein Herz anfing zu pochen, und mußte an sich halten, um nicht aufzuspringen und sie in seine Arme zu reißen.

"Mein Gott, was für ein Anblick... aber ich muß dieses Script leider noch zu Ende lesen..."

Martina glitt geräuschlos herbei und beugte sich über Zeffs Schulter.

"Ist es wenigstens spannend?"

Zeff klappte den Schnellhefter schnell zu, drehte unwillkürlich den Kopf und sah ihr direkt in den Ausschnitt, er war sich sicher, daß sie es darauf angelegt hatte.

"Ein Drama um einen verschollenen Jungen, nicht halb so spannend wie das, was ich gerade sehe..."

Martina beugte sich noch tiefer zu ihrem Mann hinunter und küßte ihn auf den Mund.

"<Cherchez la femme>... alles andere ist unwichtig..."

Sie huschte hinaus und warf die Tür hinter sich zu.

Verwirrt griff Zeff nach seinem Script. So aufgedreht hatte er Martina schon lange nicht mehr erlebt. Hatte sie etwas mitbekommen von seinem Treffen mit Manuela? Lag es an seinem Verhalten, wollte sie ihn herauslocken aus seinem dumpfen Brüten? Er vertiefte sich wieder in seine Geschichte und rang mit sich – sollte er tatsächlich einen Versuch mit einem Verleger wagen? Der einzige, von dem er eine klare Meinung bekam und der auf seiner Wellenlänge lag, war Samuel Bronski, weitere Versuche schloß er aus. Trat er den Roman in die Tonne, waren seine Träume geplatzt, doch wenigstens wußte niemand, daß Zeff hinter dem Pseudonym steckte. Sollte er Bronski jedoch gefallen, stand Zeff eine wundersame Metamorphose bevor – er mußte es riskieren. Er schrieb ein paar begleitende Zeilen (lobende Worte über den unbekannten Autor...), schob das Manuskript in einen luftgepolsterten Umschlag, suchte die Adresse heraus und versteckte ihn in seiner Mappe. *Unhörbar jagen meine leisen Beschwörungen kreuz und quer durch meinen Kopf: Alles wird gut, alles wird gut, alles wird gut... mein ganzes Wesen steckt in diesen Seiten, mein sehnlichster Wunsch ist es, daß aus dem Spanischen Spiegel in meinem Gefängnis ein Fenster wird, daß man mich sehen kann und ich befreit werde aus meinem Verlies.* Martina wachte auf, als er endlich zu ihr ins Bett schlüpfte, und drehte sich erwartungsvoll zu ihm herum. Zeff schlang ungestüm die Arme um sie.

Der Morgen war noch kühl und frisch, als Zeff in den Wald einbog, um dort ein paar Runden zu drehen. Nur ein paar Frühaufsteher waren schon unterwegs und Hundebesitzer, die ihre Lieblinge scharf im Auge behielten und darauf warteten, daß sie endlich ihr Geschäft verrichteten.

Zeff hatte sich einen Laufrhythmus angewöhnt, den er stundenlang durchhalten konnte, mit jedem Schritt und jedem Atemzug wurde sein Kopf freier, und wenn er dann aus der Dusche kam, fühlte er sich wie neugeboren. Auch jetzt fiel ihm das Laufen leicht, er ließ seine Gedanken fliegen und spürte nichts von den Zwängen, die ihn im Alltag sonst ständig lähmten, selbst der Boxermischling, erregt vom Spiel- und Jagdtrieb, der ihn seit einer Weile hechelnd verfolgte, von seiner Besitzerin laut aber vergeblich zurückgepfiffen, brachte ihn nicht um seine Gelassenheit.

Martina war schon auf dem Sprung, als er vom Joggen zurück kam, sie hatte ihm noch sein Frühstück vorbereitet. Sie steckte in einem leichten Sommerkostüm, das ihre Figur betonte, und schob ihre Hand unter sein schweißnasses T-Shirt.

"Schwitzen steht dir, wie ein Arbeiter, der von der Schicht nach Hause kommt..."

Ja, schwitzen, bis Bronski sich meldet. Die Zeit würde ich am liebsten in Vollnarkose verbringen.

Mit frischem Schwung betrat Zeff sein Büro, rief seine Nachrichten ab und blieb an der Mail von Manuela hängen. *<Habe heute vormittag Zeit. Melde dich, wenn du reden willst...>* Zeff zögerte nicht lange. *<Im Café an der Schifflände?>* Die Antwort kam prompt. *<Bin schon unterwegs...>* Mit leichtem Schwindel stieg Zeff in sein Auto.

Manuela war vor ihm da und saß vor einem Cappuccino, Zeff setzte sich und bestellte sich ebenfalls einen. Erst jetzt bemerkte er, daß sie fast dünn war. Sie trug ein blaues Kleid, bedruckt mit roten Kornblumen, vom Stil her so, als sei keine Zeit vergangen, seit sie sich kennengelernt hatten..

"Das ist doch verrückt... du siehst genauso aus wie vor fünfundzwanzig Jahren..."

Manuela lächelte still in sich hinein, aber so, als ob sie ihm nicht glaubte.

"Lieb von dir..."

Zeff nahm einen Schluck von seinem Cappuccino.

"Entschuldige, ich bin etwas nervös..."

Manuela saß sehr gerade auf ihrem Stuhl und sah Zeff direkt in die Augen.

"Ich habe nachgedacht, und ich glaube, du hast Anrecht auf eine Erklärung..."

Zeff lehnte sich angespannt zurück.

"Es ist nicht leicht für mich, über das zu sprechen, was zwischen uns geschehen ist... aber es muß wohl sein, auch wenn es sehr schmerzhaft für mich ist..."

Nachdenklich rührte Manuela in ihrem Cappuccino.

"Du hast mir etwas angetan, von dem ich erst dachte, ich überlebe das nicht..."

Zeff legte ein Bein über das andere und verschränkte die Arme vor der Brust.

"Wir waren als Paar so, wie sich alle wünschen zu sein... offen, zugewandt, voller Sinnlichkeit... und dann dieser plötzliche Bruch..."

Zeff nahm die Arme auseinander und wollte etwas sagen, doch Manuela wehrte ihn ab.

"Wie im Fieber bin ich erst einem neuen solchen Glück hinterhergehetzt, doch ich habe nie mehr einen Mann erlebt, der so behutsam mit mir umgegangen ist wie du... die bittere Wahrheit ist, daß ich allmählich erkannte, daß mir das alles nichts bedeutet – Sex, Fortpflanzung, Familie... ich habe zwar noch geheiratet, aber nur, weil ich dachte, es gehört irgendwie dazu..."

"Ja, aber unsere Gespräche, die Selbstverständlichkeit unseres Zusammenseins..."

"Oh ja, das war alles echt... aber ich erlebte es wie in Trance, ich habe mich völlig aufgegeben, aber nicht, weil du es gefordert hast oder es meinem Wunsch entsprach, sondern weil tief drin in mir eingepflanzt war, das sei die Bestimmung der Frau..."

Manuela verbarg das Gesicht in ihren Händen, ein trockenes Schluchzen ließ ihre Schultern zucken.

"Jetzt bin ich eine Frau ohne Kinder, die Karriere macht, das empfinden die meisten Menschen noch immer als widernatürlich, aber es ist nicht deine Schuld..."

Zeff durchströmte ein Gefühl unendlicher Zärtlichkeit.

"Mein Gott, Manuela... das tut mir so leid..."

Er faßte nach ihren Händen und zog sie sachte von ihrem Gesicht weg. Manuela schüttelte den Kopf und entzog ihm ihre Hände. Erregt beugte Zeff sich vor.

"Wir waren uns so nah und haben über alles geredet..."

Manuela hatte ihre Fassung wiedergewonnen und lächelte Zeff traurig zu.

"Und deine Frau und deine Tochter? Wie erklärst du ihnen das?"

Wehmütig sah sie Zeff in die Augen.

"Mein lieber Zeff, ich fürchte, du verknüpfst deine Erinnerung an mich zu sehr mit deinen Ambitionen..."

"Und wenn wir uns ab und zu mal treffen... nur um zu reden?"

"Ganz ehrlich, das halte ich für keine gute Idee..."

Sie sahen sich an, und Manuela konnte wieder lächeln.

"Bitte geh du, ich bleibe noch eine Weile..."

Zeff küßte Manuela auf die Stirn, stieg in sein Auto und fuhr auf Umwegen wieder nach Hause zurück. *Ich versuche nicht zu denken, meine Gefühle schwanken zwischen Erleichterung, Zweifeln und leiser Wehmut, doch wenigstens weiß ich jetzt, woran ich bin. Dieses heiße Verlangen damals, als ich Manuela verließ, galt gar nicht dieser jungen, verführerischen Frau, es war die unbestimmte Sehnsucht nach Intensität, nach etwas, das mich vollkommen überwältigt und ganz und gar erfüllt. Diese Sehnsucht ist ein mächtiger Antrieb im Leben, aber sie wird nie gestillt, und sie ist der Hauptgrund, warum die Menschen so unglücklich sind. Ich schalte das Radio ein und erkenne an den ersten Klänge den Song der Rolling Stones <As Tears Go by>, es folgen <Ruby Tuesday> und <Play With Fire>, und ich lasse mich in wohliges Selbstmitleid fallen.*

Es war eine lange Anreise zum Symposium der Verleger, eine Zusammenkunft, auf der sie über die Zukunft ihrer Branche sprechen wollten. Das war auch für Zeff sehr wichtig, denn dort entschied man auch über längerfristige Strategien und inhaltliche Ausrichtungen. Überall Krawattenträger, wohin man auch blickte, nur wenige Frauen hatten sich unter die grauen Anzüge gemischt.

Zeff sah sich rasch um, doch Bronski war auch diesmal nicht gekommen, er hatte nur Verachtung übrig für derlei Betriebsamkeit. Diese Versammlungen erinnerten ihn an die Zusammenkünfte orientalischer Clans, bei denen jeder Familienzweig seine Macht und seinen Einfluß zu konsolidieren oder auszubauen versuchte, nur daß es hier um verkrustete Strukturen und überkommene Vorstellungen ging.

Der Wortführer, Leiter eines renommierten Verlags, schmal, mit fahlem Gesicht und unübersehbaren Tränensäcken, eröffnete die Sitzung, sprach von der Bedeutung und Verantwortung des Verlegertums und des Buchhandels in Zeiten des medialen Wandels.

"...und ich brauche ja wohl nicht daran zu erinnern, daß jede und jeder hier unter uns mit Büchern aufgewachsen ist, die man in der Hand halten kann, und wir alle jetzt mit Sorge auf das Internet schauen, das die Lesegewohnheiten der Menschen massiv beeinflussen wird..."

Unruhige Blicke, Köpferücken und Gespräche mit vorgehaltener Hand waren die Folge, nur ein älterer Mann meldete sich zu Wort.

"Gehört das nicht wieder zu dieser Panikmache, die man derzeit von allen Seiten hört? Wenn wir wie bisher auf Qualität setzen, brauchen wir diese Klientel doch gar nicht, die lesen ohnehin keine Bücher..."

Der Wortführer hatte mit müdem Lächeln zugehört und trat wieder ans Mikrofon.

"Unterhaltung ist vielfältig und ausbaufähig... wir sollten nicht so arrogant sein und nur unser Urteil gelten lassen... mit erfolgreichen Bestsellern finanzieren wir die etwas anspruchsvollere Literatur..."

Eine Frau stand auf, die das nicht gelten lassen wollte.

"Glauben Sie im Ernst, daß ein Verlag, der endlich einen Bestseller an Land gezogen hat, danach freiwillig einen Philosophen druckt? Oder sollen sich die Klein- und Selbstverleger darum kümmern?"

Der Mann am Mikrofon wurde langsam ungehalten.

"Diese Problematik gibt es doch auch ohne das Internet..."

Niemand hob die Hand, und Zeff erhob sich rasch.

"Als Lektor sehe ich das Problem, daß immer öfter Stoffen der Vorzug gegeben wird, die bestimmte Themen einseitig in Richtung Lebenshilfe umsetzen..."

Der Moderator ließ seinen Blick über die Anwesenden wandern und blieb nachdenklich an Zeff hängen, den er von ein paar flüchtigen Begegnungen persönlich kannte.

"Die Welt ist aus den Fugen, und die Menschen erwarten Antworten..."

"Glauben Sie, daß das die Aufgabe fiktionaler Literatur sein kann? Damit ginge doch eine gewaltige Verflachung der Qualität einher, und ihre Wahrhaftigkeit litte darunter..."

Der Verleger starrte Zeff hilflos an, straffte sich und blickte wieder über die Anwesenden.

"Die Herausforderungen der Zeit müssen angenommen... wir werden jetzt alle in kleiner Runde darüber debattieren und nach Lösungen suchen..."

Hastig standen die Versammelten auf und strebten eilig in den Nebenraum, in dem runde Tische mit bequemen Sesseln für die Einzelgespräche standen.

Müde erhob sich der Moderator, ordnete seine Unterlagen, wandte sich zu seinem Assistenten um, der hilflos mit den Schultern zuckte.

9

Nach der langen Autofahrt fand Zeff zu Hause in der Küche einen Zettel von Martina, daß sie ihn nicht erreicht habe, daß sie eine kranke Freundin besuche und daß sein Abendessen im Kühlschrank sei. In seinem Arbeitszimmer lag die Post fein säuberlich auf seinem Schreibtisch, ganz unten ein Päckchen, das von der Größe her ein Manuskript sein konnte. Zeff riß es auf und hielt sein eigenes Script in der Hand, zusammen mit einem handschriftlichen Kommentar, Bronski war ein schneller Leser.

<Lieber Zeff, in aller Kürze - wo hast du bloß diesen Wunderknaben ausgegraben? UNVOLLENDET ist ein hartes, raffiniert konstruiertes Drama mit lebendigem, direktem Zugriff auf Personen und Handlung, das weit über das Genre hinausgeht. Beklemmende, <neo film noir>-getränkte Atmosphäre, fast schon prophetisch in dieser apokalyptischen Düsternis, ich sehe schon den Blockbuster mit Jeff Bridges und Kim Basinger <demnächst im Kino>. Im Ernst, warum rätst du deinem Schützling nicht, nach Hollywood auszuwandern? Ich habe sein Anagramm entschlüsselt - Phil Leramow = Phil(ip) Marlowe (!) - er sieht sich offensichtlich selbst schon dort! Hierzulande hat dieser Roman keine Chance, wenn schon Thriller, dann amerikanische, du kennst ja die Bedenkenträger. In diesem Sinne, sei herzlich gegrüßt, Samuel.>

Trotz der Lobeshymne - auch Bronski hatte ihn nicht begriffen. Zeff ließ das Blatt sinken, steckte es zwischen die Seiten seines Manuskripts und ging in die Küche, ohne die übrige Post aufzumachen. Im Kühlschrank fand er einen Teller mit Putenschnitzel, Zuckerschoten und Bratkartoffeln. Er wärmte alles auf und aß mit grimmigem Appetit. Es wurde also nichts mit seiner Autoren-Karriere. Was blieb übrig von seinen jahrelang schlaflosen Nächten und seinen Selbstzweifeln, die ihn mürbe gemacht hatten und resigniert? Blieb er weiter eingeschlossen im Gefängnis seines Alptraums, ohne Fenster und ohne Tür? *Ich warte auf den Keulenschlag, der mich niederschmettert, stattdessen fühle ich mich immer leichter, wie eine Schneeflocke, von einem launigen Wind für eine Weile durch die Luft gewirbelt, bevor sie zu Boden sinkt und mit all den anderen zu einem weißen Teppich verschmilzt. Das Leben geht weiter, es gibt keine Antworten. Mir fallen die Schriften des Malers und Spiritisten Gabriel von Max ein. Vielleicht hat er recht, wenn er behauptet, daß der Übergang vom Affen zum Menschen eine Fehlentwicklung sei, möglicherweise sogar eine unglückliche Mutation, denn der Mensch wird mit jeder Generation unfähiger, mit sich selbst im Frieden zu leben und sich mit dem zu begnügen, was die Natur hergibt, irgendwann wird er an seiner künstlichen Welt ersticken. Wird über diese tragische, schicksalhafte Wendung nicht schon in der Genesis berichtet? Das Gleichnis vom Menschen, der die Frucht vom Baum der Erkenntnis ißt und aus dem Paradies verstoßen wird? Es ist sein rastloses Hirn, Urquell seines Glanzes und seines Elends, das ihn von allen anderen Lebewesen unterscheidet, sein Vermögen, sein Inneres zu reflektieren, das Wissen um seine Sterblichkeit, seine Befähigung zu logischem Denken und Handeln: Dostojewski, Rembrandt, Beethoven, die Kathedrale von <Nôtre Dame>, der Flug zum Mond – das alles wird es dann nicht mehr geben, aber auch keinen Hitler, keinen Stalin und keine Zerstörung der Erde. Warum ist dieser Gedanke auf einmal so tröstlich? Weil es im Grunde egal ist, was ich tue? Weil der Mensch ohnehin verloren ist? Weil der Kreisel endlich aufhört sich zu drehen?*

Zeff stand auf und räumte das schmutzige Geschirr in den Geschirrspüler. Es war noch so heiß, daß er beschloß, auf dem Balkon eine Liege aufzustellen und dort die Nacht zu verbringen. Er hatte sich auf seinem improvisierten Lager bereits bequem eingerichtet und las in *Nelson Algrens <Wildnis des Lebens>*, als Martina nach Hause kam.

"Aber Zeff, was machst du hier draußen?"

Sie zog einen Stuhl an die Liege und sah auf das Buch, das er in den Händen hielt.

"Liest du kein Script? Ich dachte, ich hätte eines in der Post gesehen..."

Zeff mußte lächeln. Während er das Leben nur aushielt, indem er nach etwas Großem, Erhabenem suchte, das sich über das armselige Gewusel der Menschen erhob, hatte sie keine Probleme mit den Banalitäten des Alltags, im Gegenteil, die immergleichen Verrichtungen forderten sie täglich heraus, mit allem, was sie in die Hand nahm, konnte sie etwas anfangen, das gab ihr Kraft, und auch wenn sie oft seine Launen nervten, wußte sie doch, daß sie sich jederzeit auf ihn verlassen konnte, sie war, im Gegensatz zu ihm, vollkommen im Diesseits verankert. Oder war er sich dessen zu gewiß?

"Ich lese mal wieder ein richtiges Buch... wie war's bei deiner Freundin?"

"Ach, du kennst doch Kathrin... ihr fehlt nichts, sie wollte nur ein bißchen reden..."

"Was ist mit Louise? Hat sie sich gemeldet?"

"Nein, aber Thelma hat mir eine Mail geschickt... sie ist sehr froh, sie bei sich zu haben..."

Martina stand rasch auf.

"Ich dusche nur schnell, dann leiste ich dir wieder Gesellschaft..."

Zeff hörte von ferne die Dusche rauschen, dann wurde das Wasser energisch abgedreht, wenig später setzte sich Martina wohlriechend und in einem leichten Nachthemd zu ihm an die Liege.

"Wie schön das ist nach einem heißen Sommertag..."

Zeff ließ das Buch sinken und sah sie sinnend an.

"Weißt du was? Ich habe mir etwas überlegt..."

"Ach ja? Da bin ich ja mal gespannt..."

"Ich habe dir doch von meinem Onkel erzählt, er war früher mal auf Sardinien und hat damals eine kleine, zauberhafte Bucht entdeckt..."

Martina rückte mit ihrem Stuhl näher an ihn heran.

"Und?"

"Ich habe mir neulich die Bilder im Internet angeschaut, sie hat sich sehr verändert, aber sie ist immer noch nicht zugebaut... es ist zwar sündteuer, aber warum fahren wir diesen Herbst nicht dorthin?"

Martina runzelte die Stirn und sah Zeff mißtrauisch an.

"Zeff, was willst du mir damit sagen?"

Martina mit ihrem untrüglichen Instinkt!

"Gar nichts, warum fragst du?"

"Weil du im Herbst eine Auszeit nehmen wolltest..."

"Ach das. Du meinst meine Schreib-Klausur, die kann ich auch mal irgendwann im Winter nachholen..."

Martina streckte sich und legte Zeff sanft ihre Hand auf den Kopf.

"Abgemacht, dann sehen wir uns morgen zusammen die Fotos an..."

Martina erhob sich und zupfte Zeffs Morgenmantel zurecht.

"Ich bringe dir eine Flasche Wasser, dann geh' ich ins Bett... hier draußen sind mir zu viele Mücken..."

Zeff legte das Buch beiseite und starrte in den nächtlichen Himmel. Er hatte das Gefühl zu gleiten, und mit jedem Augenblick wurde ihm leichter ums Herz. Martina kam mit einer Flasche Wasser zurück und stellte sie auf den Stuhl. Sie setzte sich für einen Augenblick zu ihm auf die Liege, nahm seine Hand und lächelte ihm wortlos zu. Seine Züge entspannten sich, und er schloß die Augen. *Das Gleiten geht in ein Schweben über, und auf einmal befinde ich mich in einem riesigen, lichtdurchfluteten Tunnel. In den oszillierenden Wänden, die nicht aus irdischer Materie bestehen, sind dicht an dicht, wie bei einem Mosaik, winzig kleine Fenster eingelassen, ein Fenster für jeden Menschen, der jemals auf der Erde weilte. Richtet man den Blick darauf, taucht man in sein vergangenes Leben ein, jede Sekunde, jede Einzelheit, alle Emotionen, Geräusche und Gerüche sind erfaßt. Wie ein buntes Riesenkaleidoskop stülpt sich der Tunnel immer weiter nach außen, bis mich nur noch klares Licht umgibt. Bin ich schon unterwegs in die jenseitige Welt, tausendfach beschrieben von Menschen, die unmittelbar vor dem Tod zurückgekehrt sind? Was passiert, wenn die Reise weitergeht? Unvermittelt ragt ein mächtiger Phallus vor mir auf, und eine pulsierende Vulva nimmt ihn sanft in sich auf. Ein Lichtblitz blendet mich, und eine Druckwelle fegt über mich hinweg, dann schwebt das Bild eines kleinen*

Zeff auf mich zu, mir ganz ähnlich und doch ein eigener Mensch, dann wieder der Phallus und die Vulva, das grelle Licht und der Sturmwind, und wieder das Bild eines kleinen Zeff, immer und immer wieder, bis die Erscheinung des kleinen Zeff lebendig wird und er mit einem Buch in der Hand auf mich zukommt. Er blättert es auf und hält es mir aufgeschlagen entgegen. Ein Schauer erfaßt mich, wie bei einer Berührung. Erfahre ich jetzt die letzten Geheimnisse? Aber was kann das sein? Ist es mehr als ewiges Schweben in Licht und Wärme, blindes Begreifen jeglicher Zusammenhänge, Versöhnung mit allem, was menschlich ist? Was ist mit den drei großen Fragen? Ich richte die Augen auf das Buch und wage kaum zu lesen: <...**sobald Dummheit und Anmaßung geschwunden sind, wird die Menschheit erkennen...**> Weiter komme ich nicht, denn das Licht wird schwächer, der kleine Zeff beginnt zu verblassen. Er klappt das Buch zu, wendet sich ab und bedeutet mir, ihm zu folgen. Ich muß mich rasch entscheiden. Mit der zunehmenden Dunkelheit kriecht von hinten eine klirrende Kälte heran und droht mich zu vereisen. Sollten sich im Tod tatsächlich die letzten Erkenntnisse offenbaren? Mein Leben lang habe ich danach gegiert, doch wenn dort kein Wort steht von Erlösung, wenn sie neuen Schmerz bringen oder von mir fordern, zuvor eine weitere Stufe des Bewußtseins zu erklimmen? Dann noch eine und noch eine, ohne Ende? Habe ich nur die Wahl, in alle Ewigkeit in Frost und Finsternis zu verharren oder dem kleinen Zeff ins Ungewisse zu folgen? Oder ist das alles nur eine gewaltige Illusion, eine fantastische Täuschung, erfunden, um mir die Angst zu nehmen vor der totalen Auslöschung, gespeist ausgerechnet von den schwindenden Kräften meiner Lebensenergie? Wird alles im Nichts verpuffen, wenn der letzte Funke erloschen ist?

Im Osten wurde es allmählich hell, Häuser und Bäume tauchten aus der Dunkelheit auf und bekamen wieder Konturen. Als sich die ersten Sonnenstrahlen über den Horizont tasteten, tat Zeff seinen letzten Atemzug, und eine kaum spürbare Spannung wich aus seinem Körper. Friedlich lag er mit geschlossenen Augen auf seiner Liege, das Gesicht dem Himmel zugewandt. Es war das Jahr vor dem neuen Jahrtausend, er hatte es hinter sich, aber war er auch erlöst?